Pascale Laumond & Soline Bonhomme

4 seins 2 destins

La victoire du duo infernal

Illustrations Philippe Laumond

RevoiR Editions

Préface

Voilà une belle occasion d'agrémenter vos moments de lecture ! Le livre de Pascale et Soline traite avec délicatesse et subtilité du quotidien de deux patientes devenues complices face à la lutte contre le cancer. Une belle leçon d'optimisme et d'espoir qui s'adresse à tous, sans distinction.

Vous, infirmiers, aides-soignants, médecins, lisez ce livre. Découvrez combien notre quotidien, voire notre routine, occulte parfois le vrai vécu de nos patients. Celui-ci est présenté avec ironie, humour, dérision et tellement de simplicité. Le sens donné aux mots et aux situations est assurément juste, vrai !

Vous aidants, personnes de confiance, lisez et imprégnez-vous des situations décrites et des moments vécus. Vous verrez combien ce rôle d'aidant est précieux, car Pascale et Soline parlent directement ou indirectement de vous. Vos sentiments portés, qu'ils soient cordiaux, amicaux ou amoureux, se traduisent par une profonde affection partagée, mais que la pudicité tend parfois à taire. Ce livre est une ode à ces nouveaux liens tissés dans l'adversité. Vous y découvrirez, écrite et dessinée, l'immense importance que vous revêtez.

Et vous patients, découvrez cet ouvrage et profitez, aux hasards des mots et des phrases, de cette formidable source de vie et d'espoir qu'il vous est donnée de découvrir. Vous verrez qu'outre la vie quotidienne ponctuée de doutes, de découragements et de toute autre vicissitude, il existe également la possibilité d'orienter ses pensées vers des horizons plus enchanteurs et constructifs. Ils permettent alors de façonner une autre vie que celle subie.

Parallèle et complémentaire. Que ce livre soit ainsi une source d'espoir pour la lutte contre votre maladie. Vous vous retrouverez dans certaines situations décrites par écrits ou par images. Et vous verrez combien ces situations peuvent être tournées à votre avantage grâce à la dérision.
Sans doute faut-il ajouter que cet ouvrage est né d'une rencontre entre deux êtres que tout séparait. Ne serait-ce que le quotidien. Rien ne pouvait présager qu'une telle communion de pensées conduise à ce livre. Contraintes et forcées de vivre l'une et l'autre une maladie similaire, c'est de cette communion qu'est née une complicité. Le vécu de l'une devenait le savoir de l'autre, et l'expérience de l'autre la richesse de l'une. Les mots, les phrases, les images, les situations s'enchevêtrent pour finalement conduire à l'expression d'une compréhension mutuelle, propice à instaurer dans l'adversité une profonde amitié. L'ennemi commun devient un complice embarrassant qu'il convient de démystifier et de rendre inoffensif.
Vous aurais-je convaincu ? Le mieux reste de juger par vous-même, afin de vous forger votre propre opinion. Mais assurément, après sa lecture, qui que vous soyez, vous ne pourrez pas rester insensibles au ressenti de nos deux auteures. Vous ne serez plus indifférents, mais justement différents, plus compréhensifs pour les uns, plus combatifs pour les autres. Ce livre vous permettra de changer vos perceptions et une vraie renaissance vous attend.

Professeur Jacques-Olivier Bay

Préface

Deux femmes, deux personnalités, un seul but : faire la peau à ce fichu crabe. La fin justifiant les moyens, tout est bon pour y parvenir, en commençant par l'humour et l'amour.

C'est l'histoire d'une rencontre qui n'aurait jamais dû se produire. Pourquoi Soline, pourquoi Pascale ? Pourquoi elles ? Ce pourrait être nous. Une femme sur huit aura un cancer du sein dans sa vie.

Ce récit à deux voix nous a, tour à tour, époustouflées, émues, réconfortées. Il raconte sans pathos, sans fard, le parcours des femmes qui se battent contre un cancer, les hauts, les bas, les moments de doute, les fulgurances de joie. Pas de rancœur, face à l'injustice de la maladie qui frappe au hasard, bouleverse des vies, des familles, des couples. Pascale et Soline ne se savaient pas des super-héroïnes. Elles le sont devenues. Elles ont dû faire des choix, du tri dans leurs priorités, elles se sont découvert une énergie insoupçonnée, ont osé les projets les plus fous comme le Défilé de la Vie.

Dans ces parcours de soins, longs, difficiles, parfois douloureux, elles ont aussi pris du temps pour elles, à travers les offres de soins de support, de l'exercice physique adapté, de la socio-esthétique en passant par l'art thérapie. Cet accompagnement, cette prise en charge globale se dit en anglais le « care », littéralement « prendre soin ». Cette dénomination anglo-saxonne est plus proche de la réalité. Prendre soin de soi pendant la maladie permet de traverser ce long tunnel des traitements chimio, chirurgie, radiothérapie, sans sombrer.

Avec beaucoup de pudeur aussi, nos héroïnes évoquent leurs proches, conjoints, enfants, familles. Car le cancer, frappe aussi la famille. Elles soulignent combien les aidants sont importants et aussi dignes d'aide.

Pascale et Soline, Soline et Pascale saluent aussi les soignants, qui les ont accompagnées durant leur traitement, parfois un peu déconcertés par leurs fous rires et leurs projets un peu dingos. Au-delà du cancer du sein, leur histoire parle de tous les patients atteints de cancer et de leur entourage, de l'organisation, la plus humaine possible que l'hôpital a mise en place, qui reste perfectible encore...et à la fin, c'est la vie qui gagne !

Professeure Frédérique Penault-Llorca
Docteur Marie-Ange Mouret-Reynier

Pascale
Soline

OK POUR LE DÉFILÉ MAIS ON POURRAIT AUSSI ÉCRIRE UN BOUQUIN ENSEMBLE ?
TOP LÀ !
GLUB GLUB GLUB GLUB
LAU MOND

DÉPÊCHONS-NOUS MA SOLINE ! ON VA ÊTRE EN RETARD POUR LA CONFÉRENCE DE PRESSE !
CONFERENCE DE PRESSE
COMMENT J'AI VAINCU LE CRABE en 10 LEÇONS
CONFÉRENCE DE PRESSE
PAR SOLINE & PASCALE
LAUMOND

Pascale

Ma vie personnelle me comble. Ma vie professionnelle, très riche de directrice commerciale, m'épanouit totalement. Je vis à 100 à l'heure et ne m'arrête jamais. Je découvre, brutalement en 2018, mon cancer du sein.

La vie semble soudain s'arrêter, mais la « Warrior » que je suis se met en action avec force et détermination.

Ce combat me permet de faire de belles rencontres, déjà avec moi-même, mais aussi avec d'autres femmes malades dont Soline !

Je tiens à remercier mon mari Philippe d'être mon oxygène à chaque instant, d'avoir su vaincre ses peurs pour nous aider à surmonter les miennes et d'être là, à chaque moment, comme compagnon indispensable à mon existence.

Merci à mes fils, Jérôme et Nicolas, pour leur amour.

Merci également à tous ceux que j'aime.

CHAPITRE 1

Ça commence par une boule

06 /08 /2018

Aujourd'hui, c'est l'anniversaire de Nathalie, ma nièce, cinquante ans déjà et toujours aussi belle et généreuse ! Nous penserons à elle par cette belle journée qui s'annonce sous le soleil de Minorque.

Cette île est préservée du tourisme de masse et avec Philippe, mon mari, nous avons déjà bien profité de notre première semaine de vacances.

Au programme du jour : baignade dans cette mer bleu turquoise, farniente au bord de la piscine de l'hôtel et balade l'après-midi pour profiter des magnifiques paysages sauvages, loin de la foule !

Après un cocktail dans un bar très typique d'un petit village de pêcheurs, nous rentrons à l'hôtel pour nous préparer pour le dîner.

Une douche est la bienvenue ! L'eau rafraîchissante coulant sur mon corps est un moment de détente absolue, trop bon !

Je me frotte le corps doucement pour profiter de cet instant et mes doigts glissent sur mes seins et là brusquement, je sens une boule qui me semble énorme dans mon sein gauche !

C’est impossible, cette boule vient d’apparaître !! Je me repalpe à nouveau le sein mais cette boule est bien là et me nargue… Je dois rêver, ce n’est pas mon sein, ce n’est pas mon corps que je touche !

C'est impossible mais je dois me rendre à l'évidence et je suis sûre à cet instant que c'est un cancer qui s'est installé dans mon corps. Foutu cancer, tu m'as rattrapée mais tu ne m'auras pas ! Je vais te combattre et c'est moi qui gagnerai !

Il faut que je sorte de la douche, que je me ressaisisse, que je ne montre pas à Philippe ce qui me ronge brutalement. Mon corps est envahi par le crabe, mais je ne peux pas en parler à mon amour, pas ce soir, pas maintenant, c'est trop difficile.

Je dois le préserver, je lui dirai peut-être demain matin, peut-être ? Aurais-je le courage ? Je ne sais pas, je ne sais plus…

Mais ce que je sais, c'est qu'il s'agit d'un cancer : mon corps me le crie !

Je m'habille pour aller dîner et j'essaie de ne rien montrer. Le vin minorquais m'aide un peu et nous permet de passer une dernière soirée « agréable », Philippe ne s'étant aperçu de rien.

Toute la nuit, je palpe et repalpe mon sein mais la boule est toujours là, narquoise, dure, de grande taille. Plus de doute quand le jour se lève : le combat commence, le cancer est là et on va lui faire sa fête !!

Je dois dire à Philippe ce qui m'arrive, j'ai peur de lui faire mal, de l'anéantir avec cette annonce mais il doit savoir, même avant un diagnostic à confirmer.

Alors, je me lance.

- Mon amour, j'ai découvert une boule dans mon sein gauche hier soir, il faut se préparer car je sais que c'est un cancer !

Voilà c'est dit. Philippe me regarde, ne comprend pas tout de suite, répète ma phrase et enfin me dit de ne pas m'inquiéter, que je dois attendre de passer des examens, de voir un médecin.

Nous essayons chacun de notre côté de repousser l'évidence et de nous rassurer mutuellement mais je sais au fond de moi ce qu'il en est et que notre vie bascule vers un combat qui nous unira encore davantage, même s'il entraîne des souffrances.

Nous essayons de passer une journée de vacances « normale ». Philippe essaie de surmonter la nouvelle et avec tout son amour, réussit à nous faire vivre la fin de nos vacances sans trop de blues même si nos cerveaux fonctionnent à plein régime et nous laissent peu de répit. Nous sommes, chacun de notre côté, plongés dans nos pensées en imaginant le pire et en nous raisonnant pour nous convaincre que tout ira bien !

Rentrés à Clermont-Ferrand, les examens et rendez-vous médicaux se mettent en route. Une mammographie est prévue le 22 août.

Nous y voilà : l'image montre une boule et Christine, la sénologue, nous reçoit avec une très grande bienveillance et empathie nous expliquant qu'il ne s'agit pas d'un kyste et qu'elle fera une biopsie le lendemain matin pour poser un diagnostic.

Tel un fox terrier, je la bombarde de questions, ne lâchant rien : je veux l'entendre dire que c'est un cancer mais en vain… Et pourtant, j'ai un cruel besoin d'entendre ce diagnostic !!

Lors de la biopsie, le lendemain matin, je réitère mes questions, et même si les réponses sont sincères, claires mais non catégoriques sur le diagnostic, je suis convaincue que je suis entrée dans le cercle des cancéreuses du sein !

En attendant les résultats, je veux absolument préparer Philippe à l'annonce de ce cancer et le convaincre de l'accepter, de formaliser le mot cancer pour pouvoir assumer cette période difficile qui arrive ! Nous devons nous attacher l'un à l'autre comme à des ceintures dans un avion malmené par les turbulences, mais solidement solidaires pour mener ce combat !

Le D Day est enfin là et Christine, ma sénologue, étant en congés, c'est l'une de ses collègues qui est chargée de nous recevoir. Que dire ? J'ai décidé de me mettre en mode « Warrior », de me battre pour vaincre donc j'attaque :

- Vous allez nous dire que c'est un cancer ?

La sénologue me regarde, un peu stupéfaite et, avec bienveillance et empathie, nous le confirme :

- Oui c'est un cancer, je vais vous expliquer. Vous avez une tumeur cancéreuse dans le sein gauche et un ganglion métastasé. Il s'agit d'un cancer triple négatif et agressif, donc il faut démarrer le protocole très rapidement. Vous allez avoir de la chimiothérapie, une opération et de la radiothérapie.

- La chimio, c'est quelques semaines, et mon sein, on va me l'enlever ?

- La chimio va durer de 5 à 6 mois car il faut essayer de réduire au maximum la tumeur avant l'opération.

Ouah !! Une boule oui ! Un cancer oui ! Mais la guerrière n'avait pas envisagé une bataille avec une chimio aussi longue, ni que ce foutu cancer soit agressif ... Alors là ma fille, il va falloir sortir l'artillerie lourde !!

Philippe, quant à lui, pose des questions sur les effets

secondaires (qui font partie des réjouissances), sur le protocole , un peu perdu par ce diagnostic auquel il refusait de croire.

De mon côté, je suis un peu sonnée par ce protocole qui paraît lourd. Comment vais-je réagir ? Comment ne pas sombrer ? Je ne veux pas mourir ! J'ai la trouille !!

La sénologue poursuit :

- Vous passez un scanner cet après-midi et dans la foulée rendez-vous chez la chirurgienne et l'oncologue. Vous aurez ensuite une scintigraphie osseuse et nous pourrons commencer le traitement.

RADIOTHÉRAPIE
CHIMIO
ABLATION
CHIMIO...
OK!
VOUS ÊTES SÛR QU'IL NE MANQUE RIEN ?
ONCO
LAU MOND

Je suis en même temps rassurée par la prise en charge de l'équipe médicale, que ce soit par son empathie, sa bienveillance et ses compétences. Je leur fais entièrement confiance même si je suis morte d'angoisse !

Il va falloir que je travaille sur moi et qu'Éric, un ami sophrologue, s'arrange pour me faire respirer pour décompresser. Je ne veux pas te mettre la pression Éric mais là mon garçon tu dois réussir et il y a du boulot...

Et mon homme, mes fils Jérôme et Nicolas, ma sœur Nanou, comment les préserver, comment leur annoncer car seul Philippe est au courant ?

Comment leur dire simplement et positivement ?

Et Philippe, comment le soulager de cette douleur qu'il ressent avec son chou qui est cancéreuse ?

Et Domi et Martine, mes deux meilleures amies ?

Bon Pascale ça suffit ! Tu affrontes, tu continues à vivre et tu ne baisses pas les bras mais tu positives et tu entraînes tout ce petit monde dans un tourbillon qui te fera gagner le combat !!

On va commencer par le rangement dans mes 3 tiroirs secrets de la parfaite cancéreuse :

Tiroir n°1 : pour toutes les réponses que j'ai envie d'avoir sur la maladie,

Tiroir n° 2 : pour les endroits où je peux trouver les réponses que je n'ai pas envie d'avoir tout de suite,

Tiroir n° 3 : les questions pour lesquelles je n'ai pas envie d'avoir des réponses maintenant.

Autant dire que le contenu de chacun des tiroirs évoluera, le premier se remplira vite ainsi que le deuxième et le troisième disparaîtra.

Donc nous voilà, mes tiroirs et moi, prêts à affronter le cancer, à se préparer comme le guerrier qui part au champ de bataille, avec comme autres compagnons, mon petit courage et le grand soutien de mes proches.

Revue des troupes :

- Moi, dit « le choupi » : ok,
- Philippe, dit « le chou » : ok même s'il a l'impression d'être dans un tambour de lave-linge,
- Les enfants : ok, ils ne montrent pas trop leur angoisse même si elle est très présente,
- Ma sœur : terrorisée mais prend sur elle,
- Ma famille : il y a ceux qui positivent et me soutiennent et ceux qui sont moins présents,
- Mes sincères et nombreux amis : ok même s'ils ont la trouille pour moi,
- L'équipe médicale : en forme ! J'ai confiance…

Tout est donc en ordre. Je donne quelques consignes et demande instamment à tout ce petit monde qui m'entoure de ne pas me considérer avec pitié ou comme une pestiférée, mais comme une Pascale qui va gagner et qui sera plus forte qu'avant. On ne va quand même pas se laisser faire par ce cancer qui, comme un serial killer, va essayer de me tuer car je vais l'assassiner avant !

« Dans tous les cas, l'espérance mène plus loin que la crainte et les difficultés, les obstacles, bien compris et utilisés, deviennent des sources de force inattendues » : c'est ce qui me guidera toujours !

CHAPITRE 2
La boule à zéro

L'oncologue nous a prévenu, le protocole de chimiothérapie a des effets secondaires mais finalement, on va gérer !

Les poils : le système pileux en prend un sacré coup !! Il faut dire que le produit orange fluo que l'on nous envoie dans le corps pour tuer les cellules cancéreuses laisse présager un sacré décapage interne…

Effectivement les cheveux, les sourcils, les cils tombent les uns après les autres, sans oublier les poils disgracieux, mesdames, que nous nous évertuons à enlever chaque mois en souffrant lorsque la cire chaude étalée sur nos gambettes nous arrache quelques grimaces de douleur …

Mais là génial : épilation longue durée, gratuite et… indolore !

On se retrouve toute douce et plus besoin d'épilation… Au moins l'un des avantages de la chimiothérapie (il faut bien positiver !).

Les cheveux : j'avoue que le moment où ils tombent est un peu douloureux. On a l'impression qu'une multitude de petits doigts vous les arrachent un à un ! Légèrement désagréable donc pour écourter ce « supplice », pas d'hésitation : se faire raser le crâne !

Une fois la boule à zéro, le zéro poil à épiler, le sourcil disparu et le cil absent de ces yeux magnifiques, une vraie tête de cancéreuse quand tu te regardes dans ton miroir et dans le regard des autres…

À vrai dire ce n'est que la façade car au fond de toi, tu n'es pas malade et cette tête pas très chouette n'est que temporaire : tu as juste un cancer et tu vas le tuer !

Alors là il faut se lâcher, oser des turbans de couleur si on ne supporte pas comme moi une perruque et on découvre avec bonheur que c'est un véritable acte de coquetterie féminine de choisir ses foulards, de les assortir à ses tenues et on se trouve très élégante. Bien plus élégante que ces femmes que l'on croise, mal coiffées ou avec une coupe de cheveux peu seyante à leur visage : on a le droit de se sentir la plus belle, on a un cancer merde !

Et si on rajoute la ligne de sourcil que l'on se dessine comme celle de l'actrice que l'on admire depuis toujours, alors que nos vrais sourcils sont trop épais, trop fins, broussailleux et indomptables, alors là les filles, on frise le titre de Miss Univers !!!

Les ongles :

- Chère madame, vos ongles risquent de tomber et de toute façon vous devez les protéger du soleil avec un produit filtrant les UV. Super, tu me vois sans ongles ??? Pour une future Miss Univers, pas envisageable… Il va falloir trouver une solution et c'est là qu'interviennent nos socio-esthéticiens et en particulier Pierre, mon sauveur, qui va me permettre d'avoir des mains magnifiques, avec des ongles qui n'auront jamais été aussi beaux de ma vie ! Et je suis heureuse d'aller me faire chouchouter et manucurer. Merci les soins supports (mais je vous expliquerai plus tard les miracles de ces soins : soyez patients).

Le cil : son absence nous fait prendre conscience de son utilité. Pas de cil, pas de protection oculaire donc les larmes coulent de manière aléatoire et inopinée ! Et si vous couplez ces larmes aux gouttes qui sortent de votre nez de manière aussi inopinée, vous ressemblez vraiment à une fontaine...Si cela vous arrive en public, c'est un peu ubuesque : comment dire à la caissière du supermarché qui vous regarde très ennuyée et vous demande si vous avez besoin d'aide car vous semblez très malheureuse, qu'en réalité, c'est le traitement de votre cancer qui vous a privé de vos poils protecteurs et que non tout va bien , pas de panique !!

- Bien et cette chimio ? Elle se passe comment ? Dur, dur ??
- Oui et non.

La première séance, soit on est tétanisé soit on est détendu, voire un peu inconsciente, ce qui est mon cas donc j'arrive au service d'oncologie tout sourire dehors...

JE FILE À MA SÉANCE DE CHIMIO !
LAU MEND

On m'apporte la jolie poche orange fluo que l'on va m'injecter *via* la chambre implantable posée quelques jours plus tôt.

Comment dire ? La couleur est flashie, lumineuse, cela pourrait être super cool pour une partie de painting ball mais là, dans mon corps, je suis perplexe et me demande à quoi mon organisme va ressembler après le passage de ce liquide…

Bref, en courageuse guerrière, j'aborde cette injection de la manière la plus sereine qu'il soit, ne montrant aucunement quelque peur ou angoisse.

L'installation de l'injection est indolore, super ! Le liquide orange fluo descend au goutte à goutte dans mon corps pendant deux à trois heures, doucement et je ne sens toujours rien : trop cool !!

Dans le box, mes voisins, bien intentionnés, me racontent que c'est terrible la chimio, que je vais perdre le goût, que je ne vais plus pouvoir me chausser car j'aurai trop mal aux pieds, que je ne pourrai plus manger… **Et là tu les regardes en te demandant si tu es dans un film d'horreur ou dans un cauchemar éveillé…**

STOP !! Je me mets en mode « écoutilles fermées » je ne veux rien entendre et surtout rien qui pourrait me saper le moral !!

La séance de chimio terminée, je rentre chez moi presque en sifflotant, tellement contente de ne rien ressentir, de ne pas avoir mal : faudrait arrêter de dire que c'est insupportable la chimio …

Et me voilà allongée sur mon canapé envoyant des textos aux troupes : « Tout va bien, pas de douleur, génial, bisous. »

Et puis d'un coup d'un seul, sans prévenir, un plombier

virtuel a dû me déverser un flacon de Destop dans le corps sans que je ne m'en aperçoive. Je sens des brûlures qui se propagent partout dans mon corps, dans mes veines lentement, insidieusement et douloureusement ! Que se passe-t-il ? Les séances de sophrologie feraient-elles un effet inverse ?? Éric m'a dit que l'on doit arriver à tout ressentir dans son corps quoi qu'il arrive. Oui mais moi, je ne veux pas ressentir la douleur, je ne veux que ressentir le bien-être, il ne faut pas exagérer quand même !! Maudit Éric, tu m'as tellement bien préparée que là c'est un peu too much… Je te déteste…enfin pendant les 48 heures suivantes !

Alors oui, c'est un peu douloureux, ça brûle et pas question de manger quoi que ce soit : rien ne passe tout donne la nausée donc régime sec pendant 48 heures, et 3 kilos perdus (yes, un point positif !)

Bref un moment à oublier, unique en son genre et qu'on ne souhaite à personne même à son pire ennemi !

Oui mais il y a 16 séances de chimio !!!! Il en reste 15 et pas question qu'elles ressemblent à la première.

Bien ! La deuxième séance arrive et j'y vais un peu moins confiante qu'à la première mais, grâce à Alix, la diététicienne, je rentre chez moi avec des conseils de nutrition et un paquetage anti-nausées : gingembre, citron, menthe.

Comme une guerrière aguerrie, mais ne sachant pas trop quelle est la meilleure stratégie, je prépare la décoction de gingembre que je bois. Je mange du sorbet citron et je me gave de bonbons à la menthe.

Miracle : pas de nausées, pas de brûlures (Éric, je t'ai tellement haï avec mes brûlures qu'elles n'ont pas osé revenir !!) Et merci Alix !

Les troisième et quatrième séances de chimio orange fluo

se sont passées comme la deuxième et je tiens à souligner la grande bienveillance, l'extrême gentillesse, la disponibilité et la compétence de l'ensemble du personnel du service d'oncologie.

Les 10 séances suivantes hebdomadaires (les 4 premières avaient lieu toutes les 3 semaines), n'ont pas entraîné de douleurs en tant que telles. Je vous parlerai des petits désagréments un peu plus loin. Patience !

Juste pour rappel, je suis la boule à zéro et sans aucun poil sur mon corps !!!

CHAPITRE 3
Les occupations de la cancéreuse modèle

Entre les séances de chimio, il faut bien s'occuper alors tu t'occupes de toi : de ton corps, de ta tête, et surtout tu t'occupes à te faire du bien !

Alors, on enclenche le big programme :

L'atelier diététique mensuel

Si tu ne savais pas cuisiner, tu en ressors à chaque fois avec l'impression d'être la nouvelle gagnante de *Top Chef* ! Et je ne vous parle pas des parties de rigolade pendant que l'une essaie d'éplucher les légumes et d'en faire des tagliatelles les plus fines possibles ou que l'autre essaie de faire de jolies couleurs dans les verrines sans que tout se mélange et ne devienne un véritable chef- d'œuvre digne de Picasso…

Donc à la maison, tu appliques scrupuleusement ce que tu as appris et tu équilibres tes repas en cuisinant tel un grand chef (même ton homme et tes enfants te font des compliments sur ta cuisine alors qu'avant, ils préféraient t'inviter au restaurant plutôt que déguster l'une de tes préparations culinaires…) et tu gardes la forme car tu as bien mangé à chaque repas des protéines, des légumes verts et des féculents, sans oublier ta mini ration de matière grasse, tout en variant les repas, ce qui fait de toi la reine de l'équilibre alimentaire !

Tu en oublierais presque que tu as perdu un peu, beaucoup le goût ou que ce dernier est légèrement perturbé par la chimio au point que, quand tu manges sucré, tu as l'impression que tu suces un pain de sucre et que lorsque tu manges salé, tu te prends pour une Salers en train de lécher des blocs de sel !!

Un grand merci Alix !

BON IL EST TEMPS D'ENFILER MA TENUE DE SUPER WOMAN...
DRESSING ROOM
LAU MOND

La réflexologie plantaire

Jamais entendu parler avant mon cancer. J'avoue que je me rends au premier rendez-vous sans grande conviction.

Si ça ne me fait pas du bien, ça ne me fera pas de mal !

Génial ! Pendant une heure, chaque semaine, Nathalie te triture tes petits doigts de pied, elle te les masse, elle te fait de la digitopression. Elle exerce son art avec une grande empathie et toute la douleur, tout le stress que tu avais en arrivant ont quasiment disparu à la fin de la séance, comme par magie !

Tu n'arrives pas à comprendre comment tu ressens ce bien-être dans tout ton corps, même si Nathalie, avec beaucoup de pédagogie, t'explique la réflexologie et ses bienfaits, mais ce qui compte le plus à ce moment-là c'est que tu te sentes bien, relaxée et tu sais que Nathalie t'a convertie et convaincue.

Tes pieds ressemblent à ceux de Cendrillon en enfilant les pantoufles de verre pour se rendre au bal du prince charmant !! Légers et souples comme toi…

Et dis-toi que les effets continuent bien après la séance et que cela atténue les neuropathies dûes à certains produits de chimio.

Les soins socio-esthétiques

Pierre et Isabelle, les 2 socio-esthéticiens qui œuvrent dans cette discipline sont top !

Quel délice ! Tu leur confies ton visage et tu laisses faire, tu lâches prise pendant qu'ils étalent les différentes crèmes (nettoyante, hydratante, nourrissante, éclaircissante…), pour un massage de la peau en douceur.

Tu te découvres alors une vraie peau de bébé alors qu'en arrivant, tu avais l'impression d'avoir la peau la plus sèche du monde. Bref d'avoir une peau de sorcière ! Mais là, tu peux concourir pour la pub *Cadum douceur* !! Pour Miss Univers, c'est cool !

Et puis tu apprends à faire ta ligne de sourcil, à faire de tes mains les mains les mieux manucurées que tu n'aies jamais eues (je t'en ai déjà parlé un peu plus haut).

Isabelle te montre notamment comment nouer élégamment un turban autour de ta tête sublimement chauve et ainsi te faire oublier que tu as perdu tes cheveux, comment te maquiller, comment te sentir féminine et belle si toutefois tu ne te reconnais plus dans ce corps ou ce visage de cancéreuse ! Et ça marche, crois-moi !

Tu détestes Pierre, lorsqu'il te dit, quand tes poils commencent à repousser (quand tu as fini ta chimio, le seul effet sympathique disparaît et tes poils recommencent à envahir plus ou moins la surface de ton corps) et que tu viens de te faire enlever la chaîne ganglionnaire, que tu ne peux pas te faire épiler, te raser ou utiliser la crème dépilatoire car tu risques une infection !

- Pierre, ça ne va pas être possible, je ne peux pas imaginer me balader les gambettes à l'air, avec des poils disgracieux alors que je viens de passer un an avec une peau lisse digne de celle d'un bébé ! C'est l'été et en plus il fait super chaud ! Je ne veux pas passer ces mois d'été en pantalon pour camoufler ma nouvelle pilosité !! Il faut me trouver une solution !! Pierre, je sais que je te mets la pression mais là, il va falloir m'aider ! Je veux bien tout supporter mais ressembler à une guenon, pas question...

Je ne veux pas faire la une de la prochaine émission de *Bienvenue au zoo* !!

Comment dire, la seule solution proposée me surprend : je découvre alors (mais je suis une grande ignorante en la matière) que certains hommes se rasent les testicules avec un rasoir spécial sans risque de coupure (oui là je peux imaginer car une coupure, si minime soit-elle, sur les parties les plus intimes de votre anatomie messieurs, doit être douloureuse et comme vous êtes beaucoup plus douillets que nous, la gente féminine, je n'ose imaginer les hurlements de douleur que vous pousseriez !!).

Et ce rasoir miraculeux, réservé à ces messieurs, je me l'approprie. L'égalité des sexes ça vous parle ? Là un grand merci messieurs, c'est au poil !!

BON JE CROIS QU'IL EST TEMPS D'UTILISER MON SUPER RASOIR À TESTICULES!!!
LAU MONO

L'activité physique adaptée

Telle une baleine qui se traîne, tu te décides (un peu à reculons) à aller aux cours d'activité physique adaptée. **Pascale bouge-toi un peu si tu veux éliminer les effets nuisibles de la chimiothérapie et remuscler ce corps car je te rappelle que tu as presque tout pour être Miss Univers donc pas question d'afficher des bras flasques et des jambes, alors qu'elles sont vierges de tout poil, qui ne seraient pas joliment galbées !**

Donc, suffoquant un peu (tes globules ayant fait leur valise pour partir temporairement en voyage), tu lances le ballon, tu sautes, tu fais les exercices sur les machines de torture, tout en grimaçant intérieurement mais en souriant de tes jolies dents bien blanches (j'avais oublié de préciser que pour éviter les aphtes dans la bouche, tu te rinçais 4 à 5 fois par jour et à minima 3, au bicarbonate de soude , donc dents blanches assurées !!).

Bref, il faut souffrir pour être belle mais surtout quand les courbatures se réveillent, c'est tout simplement génial : tu te sens vivante !

Les balades, les week-ends...

Tu étouffes peu à peu à fréquenter assidument les salles de soins, les box de chimio, le laboratoire d'analyses médicales, le cabinet de ton oncologue, radiothérapeute, chirurgien...

La vie ne peut pas se résumer à une « cage médicale » qui te priverait du reste du monde !!

Il faut te ressourcer et t'évader. De toute façon, tu ressens comme une nécessité vitale d'aller marcher dans la nature, au cœur des volcans d'Auvergne ou au bord de l'océan, de respirer à pleins poumons. Bon d'accord, tu marches doucement et pas longtemps mais même à la vitesse d'un escargot, tu te prends pour un randonneur chevronné car tu bouges, ton corps est fatigué mais il fait un effort qui te fait du bien donc tu vis !!

Tu profites alors de chaque seconde où cet air pur entre dans ton corps et te donne l'impression de te nettoyer de cette chimio qui coule dans tes veines.

Tu as ce besoin vital de nature qui te fait te sentir forte, bien et qui te donne l'impression d'être un grand explorateur.

Et comme tes globules sont un peu absents (je te rappelle qu'ils sont partis en vacances, eux !!!), tu respires moins bien, tu t'essouffles et tu imagines que tu escalades l'Everest alors que, ma chérie, redescend sur terre, tu marches sur un terrain plat…mais bon ça fait du bien de rêver !

De toute façon, quand tu as marché 6 ou 7 kilomètres, tu es super fière de toi, tu es crevée, tu sens ton corps revivre et ta tête, ça va, merci ! Elle s'est vidée d'un coup et tu es merveilleusement bien !

Tellement merveilleusement bien, que tu n'as plus envie de te polluer avec la moindre contrainte, le moindre stress.

Alors tu fais le tri dans ta vie, tu vas à l'essentiel, tu fais ce dont tu as envie, quand tu en as envie, ce qui te fait du bien et tu élimines le reste.

CHAPITRE 4

L'entourage et la garde rapprochée

Point crucial :

On ne s'embarrasse pas des cons. Il y a ceux qui s'éliminent d'eux-mêmes et il y a ceux qu'on sort de notre vie et je t'assure, une fois ce principe posé et acté, tu es vraiment soulagée !!

Comme cela, tu te consacres à toi, à toi et encore à toi : apprends à être égoïste sinon tu n'auras pas ton diplôme de parfaite cancéreuse …

Et puis, tu penses à toi avec ton amoureux, pour moi le choupi, j'ai mon amour le chou qui veille sur moi, qui me fait oublier que j'ai un cancer, qui me fait rire, qui m'écrit des mots doux, qui me fait me sentir en pleine forme, vivante et toujours femme … !

Il faut toujours avoir un chou au frais je vous jure c'est très rassurant, très utile, tellement doux et aimant, et en plus le chou il t'aide à tout supporter : il rend tout très digeste !

Mon homme à moi, dit le chou, comme tous les aidants

des malades atteints de « maladies graves » (c'est le terme politiquement correct), est malmené, souffre en silence, se sent impuissant face au cancer et voudrait bien aussi de l'aide !

Mais le malade ce n'est pas lui alors il est présent avec toi, sans oser exprimer ses craintes, ses angoisses, son impuissance à aider son choupi : il se sent comme dans un tambour de lave-linge en position essorage, dont il ressort tout frisé, mal en point mais toujours là !

Faudra réfléchir à les aider ces choux-là !!

Tes deux fils, Jérôme et Nicolas, eux aussi sont présents avec chacun leur sensibilité, leur manière de te montrer qu'ils t'aiment, de te dire avec leurs yeux :

- Maman, c'est toi qui dois gagner. On a besoin de toi, on t'aime.

Ton chou te dit silencieusement la même chose ou ose l'exprimer de vive voix mais tes petits garçons (1,86 m et 1,92 m), c'est plus difficile pour eux. Il y a la pudeur d'un enfant face à sa mère, la souffrance qu'il éprouve de voir sa maman qui a toujours été forte et là pour eux être attaquée par ce serial killer qui voudrait bien la leur voler !!

Et là ma chérie, tu dois faire face et expliquer que oui tu as un cancer, que oui tu vas lui faire la peau, que oui tu as besoin de tes fils, que oui tu vas être certainement affaiblie, que oui il va y avoir des moments très difficiles, que oui il faut affronter ensemble et que oui on va tous gagner !

Et comme tu veux créer une force magique pour vaincre, tu équipes tes hommes et toi-même d'un joli bracelet made in France « *le vent à la française* » avec un lien et une petite boussole qui les guidera avec toi vers la guérison !

Ne jamais quitter ce bracelet jusqu'à nouvel ordre !!

Et moi le choupi, j'ai la chance d'avoir un petit-fils Léo, 3 ans à la découverte de mon cancer, 5 ans à la sortie du livre donc un grand comme il aime le dire !

Comment tu vas expliquer à un bout de chou (décidément on aime les choux dans la famille…) que mamie Pascale est malade, qu'elle va perdre ses cheveux et ses sourcils et que bref elle a un cancer qui veut la dévorer ??

Après réflexion (en fait les enfants sont des rocs sur lesquels s'appuyer et pas si fragiles que cela quand on affronte la réalité avec eux), je lui explique qu'un méchant microbe va me rendre malade et me faire tomber les cheveux et que bien sûr ils vont repousser et que tout ira bien.

Donc Léo se sent investi d'une mission telle Geneviève de Fontenay pour que sa mamie soit Miss Univers (vous vous rappelez cet objectif ??).

Il me donne des conseils sur la couleur des turbans :

- Moi, j'aime mieux le rouge, l'autre il est pas beau et la perruque mamie trop longue, faut couper un peu là et là.

Un vrai maître du relooking. Pour un peu, il pourrait remplacer Christina Cordula et animer *Les Reines du shopping* pour cancéreuses !

Et tout au long de ces mois, Léo, sans tabou aucun, exprime très spontanément et sincèrement ce qu'il ressent et ça fait du bien.

Comme je n'ai plus de cheveux et que je porte un bonnet :

- Mamie, je peux toucher ta tête ? Waouh c'est tout doux, s'exclame-t-il.

Ou lorsque les cheveux commencent à repousser et qu'il touche mon cuir chevelu :

- Mamie c'est rigolo, ça pique les mains.

Quand les cheveux ont un peu repoussé, et que tu ressembles à un oisillon couvert de duvet tout blanc :

- Mamie, j'ai une bonne nouvelle, tes cheveux repoussent mais... Il y a un problème, ils sont tout blancs ! Il faudra demander à papy Philippe (mon chou), qu'il les peinture en noir !

Pour ceux qui ne le savent pas, mon chou en plus de ses nombreuses qualités est artiste-peintre et Léo est son meilleur admirateur !

Après l'ablation de mon sein :

- Mamie, je veux voir ton trait cicatrice. J'ai pas peur je suis grand j'ai 4 ans et demi ! T'inquiètes pas mamie, ton sein il va repousser et il sera tout neuf !!!

Bon Pascale, on reconnaît bien là la mamie gâteau, capable de remplir les pages de ce livre avec les petits mots et attentions de Léo mais il faut un peu de place pour les autres, sinon crise de jalousie assurée !!

Je vais maintenant m'atteler à la gente féminine (oui je sais la galanterie aurait voulu que je commence par vous mesdames mais j'avais envie de parler des hommes de ma vie en premier et... comme c'est moi qui choisis, je n'admettrai aucun reproche de votre part !!!).

Ma sœur Nanou est présente au quotidien, même si ce n'est pas forcément physiquement car 200 kilomètres nous séparent. Elle est là, fidèle au poste, essayant de ne montrer aucune angoisse et très courageuse ! Ma deuxième maman !

J'avoue que quelquefois je dois la « décoiffer » en lui annonçant les nouvelles ou les projets que j'entreprends (je vous en parlerai plus tard) et là si vous connaissez ma sœur, être décoiffée n'est pas acceptable ! Je crois que c'est son pire cauchemar avec les ongles non manucurés en ce qui concerne sa féminité !!

Donc je peux vous dire qu'elle est ravie de voir enfin mes cheveux très courts et bien coiffés quand ils repoussent et mes mains aux ongles recouverts de vernis toujours impeccables !! Une vraie star !!!

Nathalie, ma nièce (rappelez-vous, elle est du 6 août...), ne me lâche pas non plus, bienveillante et réconfortante. C'est un pilier de ma vie. Enfant, elle voulait être *Joëlle Mazard*. Pour ceux qui sont trop jeunes, il s'agissait de l'assistante sociale dans une série et dont le rôle était tenu par Véronique Jannot. Et dans la vraie vie, Nathalie est encore plus performante que son idole de jeunesse.

Dominique et Martine, mes meilleures amies, qui ont peur pour moi et qui essaient de m'apporter le réconfort dont j'ai besoin (mais que je ne sais pas vraiment demander) : tu les malmènes un peu en leur annonçant ton cancer, tes choix, tes traitements ... Oui mais ce sont tes meilleures amies alors pas de tabou, pas de filtre entre nous les filles !!

Domi me dit souvent que je suis dure avec moi-même et qu'elle m'admire, mais ma chérie je n'ai rien d'exceptionnelle. Je suis une femme qu'un serial killer essaie d'éliminer et qui se défend avec ses armes, sa personnalité et la force que lui donne cette garde rapprochée.

Le mode « Warrior » étant en route, rien ne l'arrêtera et vous savez bien les filles que je suis têtue et que lorsque je veux quelque chose, je vais jusqu'au bout donc mettez-vous bien dans la tête que votre Pascale sera encore là de nombreuses années pour s'éclater avec vous et vous titiller si nécessaire !

Je ne vous laisserai pas tomber comme cela et veillerai à ce que vous ne fassiez pas trop de bêtises car déjà vous avez atteint un certain niveau mais avec l'âge ça ne va pas s'arranger !! Il faut bien que je vous surveille !!

Je ne parlerai que de la garde rapprochée dans laquelle bien évidemment il y a les amis, les vrais, qui sont là comme toujours et pour certains qui le sont devenus grâce à ce cancer.

Je ne peux pas nommer tout le monde mais ils se reconnaîtront toutes et tous. J'en profite pour vous remercier de votre amour qui nous permet, avec mon chou Philippe, d'être encore plus forts dans ce combat et de traverser cette période en nous amusant bien avec vous, en oubliant la maladie et qui nous fait nous sentir « normaux » !

CHAPITRE 5
Le Duo Infernal

Rappelez-vous l'activité physique adaptée, là où tu souffles comme une baleine avec tes copines et où tu prépares physiquement ta silhouette à l'élection de Miss Univers !

Donc à la sortie de la dernière séance, tu te dis que ce serait bien de continuer à se voir et tu proposes à Soline et Jeanne (les fidèles compagnes de torture depuis trois mois) de se retrouver pour des balades et là, toujours partantes, elles acquiescent et telles les super nanas que nous sommes, nous nous donnons rendez-vous. Et puis, au cours de notre papotage de femmes épanouies et très fières de leur presque corps de Miss, nous nous apercevons (il serait temps au bout de trois mois, bon d'accord tes neurones sont un peu déconnectés par la chimio...) que nous allons chaque vendredi toutes les 3 en chimio !!

- Les filles si on y allait ensemble pour les prochaines séances, proposais-je. Pour Jeanne, il lui en reste 2 mais Soline et moi on vient de commencer nos 12 dernières séances .

- Yes ! Et on va bien s'amuser…

LES DEGLINGOS WOMEN
P
S
250 Kg
VONT LUI FAIRE LA PEAU !

Alors, nous voici chaque vendredi matin dans notre box, notre super liquide coulant dans nos veines, bracelet réfrigéré aux chevilles et poignets pour que le produit de chimio ne dégrade pas trop nos extrémités !

Jeanne a fini les séances avant nous et nous nous retrouvons à deux, Soline et moi, dans le « box de ces dames » comme dira Claude chaque vendredi matin !

Soline : une très belle rencontre avec ce petit bout de trentenaire, pétillante, généreuse, solaire, que l'on aime tout de suite sans hésitation.

Soline, une évidence qui est devenue au fil de notre combat, un peu ma fille, ma petite sœur, mon amie bref un membre important de ma famille !

Et toutes les deux, nous avons soulevé des montagnes, refait le monde, partagé nos souffrances, nos doutes et nos victoires, déliré autour d'un projet un peu fou qui va prendre forme et qui nous entraînera dans un défi que nous relèverons avec brio en octobre 2019 (je vous en parle plus loin ne vous inquiétez pas), et qui nous portera pendant ce combat !

Soline, avec qui nous avons décidé d'écrire ce livre en guise de témoignage, livrer nos ressentis et dire surtout qu'avec un cancer, la vie continue, qu'elle est belle malgré des moments très difficiles et que, pour toutes les deux, nous en sommes ressorties, certes transformées, mais avec une force incroyable, un recul pris sur la vie et de beaux projets devant nous avec nos familles respectives.

Avant de vous raconter le projet mené par ce duo infernal, je vais revenir à mon parcours de femme cancéreuse, qui, rappelez-vous, a passé 6 mois en chimio, perdu sa pilosité et veut concourir pour Miss Univers !!

CHAPITRE 6
L'Amazone

Après six mois de chimio, ma boule qui avait un peu diminué regrossit et là le couperet tombe. Pierre et Virginie (mon oncologue et ma chirurgienne) m'expliquent, avec bienveillance et empathie, qu'on arrête le protocole de chimio et qu'on opère en urgence : mastectomie et curage ganglionnaire !!

Comment dire, même si l'on est prête et que l'on a bien envisagé qu'on vous enlèverait un sein, lorsque cela devient une réalité, pas facile à accepter et pourtant notre survie en dépend.

Prête à être une Amazone ?? Euh non pas du tout…

Ma féminité, ma silhouette, à quoi vais-je ressembler ??

Ma sexualité : comment on reste une femme avec un seul sein ? Mon chou va-t-il encore me désirer ? Vais-je devenir insensible ? Vais-je accepter que Philippe me regarde, me touche ?

CHOMP
CHOMP
P
LAU
MOND

Comment on vit après ? Vais-je pouvoir accepter mon nouveau torse ? Vais-je décider de reconstruire ou pas ?

Tout est, à ce moment-là, très confus dans ma tête et si on m'opère en urgence c'est que le cancer progresse ?? Moi je veux vivre. Ce serial killer, c'est moi qui dois le tuer et pas le contraire.

L'amour de ma vie réussit à m'apaiser, me rassure, m'exprime tout son amour et, grâce à lui, j'aborde cette mastectomie plus sereinement.

Alors que je suis partie un peu angoissée au bloc, même si Virginie et Jean, mon ami anesthésiste, ont été très accompagnants et très rassurants (un très grand merci à eux deux pour leur humanité et empathie), je me réveille sereine, décidée à affronter mon buste d'Amazone et à l'accepter ! Jean il faudra me dire quelle potion magique tu as utilisée…

Me voilà donc avec un sein unique (en passant j'ai perdu 1 kilo, super… le muscle, ça pèse lourd !), une nouvelle silhouette, une garde-robe à revoir car pour moi pas possible de mettre la prothèse en tissu dans le soutien-gorge. J'ai accepté mon buste avec un sein et c'est comme cela j'assume !

Donc j'adapte ma garde-robe : plus de hauts moulants, on passe aux pulls larges, ou aux robes droites qui cachent un peu cette asymétrie, on met des couleurs nouvelles car les cheveux commencent à repousser mais blancs. Bref, on se fait un relooking total. Faudrait pas oublier d'être belle et féminine !

Et là, il faut j'avoue un certain courage ou de l'inconscience pour affronter le regard des autres. Par exemple, quand vous allez au restaurant avec votre chou qui vous aime toujours autant voire plus et qui vous le montre à chaque instant, votre chou qui est toujours aussi beau et séduisant, vous lisez dans le regard des autres ou vous imaginez lire dans ce regard :

- Pauvre homme, sa femme a un cancer et elle est difforme ! Pauvre femme, elle n'a plus qu'un sein !

Vous vous sentez en même temps fière de pouvoir être là, à assumer et un centième de seconde vous vous dîtes qu'ils ont raison et que vous n'êtes plus vraiment une femme !

Mais l'amour que vous lisez dans les yeux de votre chou vous redonne la joie de vivre et d'être ici avec lui, même avec un seul sein !

Soyons honnêtes, cette situation tu la revis en pensée après et là tu pleures un bon coup, seule dans ton coin, tu pleures ton sein perdu, ta féminité, tu pleures sur toi-même en te disant que tu ne seras plus jamais la même et tu as la trouille de ne plus faire face un jour et/ou de perdre ton amour. Tu pleures car tu te dis que peut-être un jour ton amour aura besoin de ce que tu appelles une vraie femme avec 2 seins, tu pleures car tu sais que si cela arrivait, tu n'aurais plus d'oxygène pour vivre, tu n'aurais plus de sens à ta vie.

Tu te dis que le cancer peut te bouffer, tu es devenue fragile et tu ne le dis pas car tu ne veux pas inquiéter tes proches qui t'aiment et qui ont besoin que tu sois forte. Et de toute façon, les autres ils te croient forte alors ils ne comprendraient pas tes doutes.

Cette période est la plus difficile pour moi, et en même temps celle qui m'a fait le plus prendre conscience de la force que l'on a en soi, de l'amour que nous porte notre entourage et en particulier celui de l'homme qui partage votre vie. Car pour se reconstruire, ce regard de l'autre qui vous fait vous sentir désirable, malgré votre sein unique, est un véritable don et une vraie caresse qui vous redonnent confiance en vous en tant que femme.

Merci à toi Philippe qui, avec l'immensité de ton amour et ta douceur, sait faire de nos moments intimes des moments de grande complicité et de plaisir partagé, me fait me sentir femme et belle, de faire de chaque instant de notre vie un moment de pur bonheur !

Après cette opération, nouvelles réjouissances avec six mois de chimio orale et 25 séances de radiothérapie. Super, la chimio ne te fait pas perdre les cheveux, mais pas non plus tes autres poils. Dommage mais tu as le super rasoir à testicules !

Quant aux séances de radiothérapie lorsque tu as compris que la machine qui te fait peur, en fait, est plutôt sympa car elle brûle ce qui reste de tes cellules cancéreuses et tu ne sens rien.

D'accord, c'est un peu contraignant car tous les matins tu vas à la clinique mais là l'équipe est trop cool et on rigole bien. Enfin la première fois, tu ne fais pas la fière car tu vois un rayon rouge pointé sur ta cicatrice et tu te dis que si ça détruit des cellules à l'intérieur, tu vas être carbonisée sur cette table et tu vas ressembler à une côte de bœuf vraiment trop cuite lors d'une barbecue party !

Vivien, le radiothérapeute, est super, toujours le sourire. Il est attentif et rassurant !

CHAPITRE 7
Le Défilé de la Vie

Revenons à notre duo infernal Pascale / Soline et à son projet :

Le Défilé de la Vie, en résumé :

- 11 patientes atteintes de cancer en cours ou fin de traitement,
- 31 partenaires,
- L'équipe de l'Oasis des Dômes,
- Les intervenants des soins support,
- Le service oncologie du Pôle Santé République,
- Nos médecins,
- Nos familles.

Tous nous ont suivi et accompagné dans ce pari un peu fou de réunir 500 personnes à l'Opéra de Clermont Ferrand pour nous regarder défiler et collecter ainsi des fonds pour l'Oasis des Dômes qui finance des soins de support si nécessaires pour nous accompagner dans le combat contre ce serial killer !

La naissance du projet :

Un matin de janvier 2019, j'attends sagement Soline dans mon box de chimio, « Le box de ces dames » comme dit Claude, notre responsable de l'accueil du service oncologie, qui sera par ailleurs notre metteur en scène et coach et là mesdames, messieurs, chapeau Claude car pour relever ce défi de transformer des patientes en stars de l'Opéra il y a du boulot !! Mais le pari a été réussi haut la main.

Donc ce matin-là, une dame entre et se présente comme l'arthérapeute. Elle me propose de faire un masque de carnaval !

Pas envie, pas besoin d'exprimer mes émotions en réalisant un masque ! Non mais moi future Miss Univers, vous n'y pensez pas. Faire un masque, alors que j'ai toujours été nulle en travaux manuels et d'une impatience reconnue par tous !!! Pas question ...

Mais la sympathie de Françoise, l'arthérapeute, a su me convaincre et me voilà lancée dans cette aventure !!

Soline arrive enfin dans le box, stupéfaite de me voir avec de la peinture en train de dessiner sur un masque blanc et se planque comme un petit oisillon au fond de son nid, dans son fauteuil, faisant mine de dormir…

Mais dans ma grande générosité, je me sens investie d'une mission de Sainte Pascale : entraîner Soline avec moi. Elle finit par accepter de réaliser un masque, plus pour avoir la paix que par conviction. L'oisillon va déployer ses ailes !

De toute façon Soline a bien compris que lorsque je veux quelque chose, je ne lâche rien. Mon chou dit depuis toujours que j'ai le caractère d'un fox terrier, je vous laisse juge !

Je suis sûre avec du recul qu'on nous avait mis dans nos poches de chimio un petit supplément pour nous amadouer !!

Nous voilà donc toutes les deux concentrées sur nos réalisations tout en papotant et rigolant…

Et, à partir de ce moment, tout s'enchaîne.

L'idée d'un défilé puis l'organisation d'une soirée au profit de l'Oasis des Dômes avec :

- Présentation et vente de nos masques,
- Vente des tableaux aux enchères,
- Tombola pour gagner des tableaux,
- Récolte de dons.

Nous présentons le projet à Joël Fleury, oncologue et président de l'Oasis des Dômes, qui, un peu ébahi, nous fait confiance même s'il se demande si nous n'avons pas trop abusé de certaines substances ; aux différents partenaires qui tous répondent oui ; aux équipes et aux patientes.

L'un des grands moments d'émotion et de bonheur est notre première rencontre entre Égéries de la Vie, au lycée Marie-Laurencin de Riom en juin 2019.

Onze femmes venues pour un petit défilé au Pôle Santé République… : Annie C., Annie S., Christelle, Coralie,

Laurence, Mireille, Nathalie, Pascale, Soline, Véronique, et Georgette, notre mascotte de 93 ans !

- Mais non mesdames, ce défilé aura lieu à l'Opéra de Clermont et devant 500 personnes !!!

Après un instant de stupéfaction, 10 paires d'yeux me regardent avec un peu d'effroi, beaucoup d'interrogations, et un peu de crainte, mais après trois heures d'essayage de costumes, de moments de rigolades, la machine de guerre est lancée !!

Et nous voilà, Égéries de la Vie, à porter ce projet avec ***motivation, détermination, rage de vivre, bonne humeur et émotion !!!***

Cette aventure, je la porte comme on porte un enfant et je mets toute mon énergie à convaincre, entraîner et motiver les troupes ! Cela me donne de la force, encore plus de force et tellement de bonheur de voir mes amies égéries s'approprier le projet et le vivre pleinement, les voir sourire, les voir s'épanouir ! C'est ma plus belle satisfaction.

Je soulèverais des montagnes pour réaliser ce Défilé de la Vie. On ne peut plus m'arrêter et mon entourage ne comprendra que le soir du 15 octobre ce qui me faisait tant vibrer toutes ces semaines de conception et de préparation.

Le Défilé de la Vie du 15 octobre 2019 est pour nous un grand moment de plaisir, de bonheur à partager. L'occasion de montrer que même avec un cancer, on a des projets un peu fous que l'on peut réaliser et

que la vie est vraiment belle !!

Nos répétitions étaient dignes des Folies Bergères. Elles se sont déroulées dans un endroit magique qu'est Le Paradis, un magnifique château à Royat qui abrite l'un de nos partenaires l'association *Tour du Sud* (résidence d'artistes et studio d'enregistrement), coachées par Claude, metteur en scène et Rémi notre maître du son et des lumières (merci Rémi pour ton aide précieuse, ta patience et ta gentillesse). Nous, Égéries de la vie, sommes prêtes pour le grand soir.

Marie-Luce, une amie chère à mon cœur, nous accompagne tout au long de cette aventure avec son équipe de *Phoebus Communication*, et animera avec brio et générosité cette belle soirée à l'Opéra de Clermont Ferrand.

Nos cavaliers pour le Défilé de la Vie, sont pour la plupart nos médecins : Joël, Pierre D., Lionel, Jean, Christophe, Benoît, Mario et aussi Pierre (rappelez-vous celui du rasoir à testicules), Claude (oui oui Claude cumule les mandats). Ils sont beaucoup plus stressés que nous leurs patientes !! Et pour une fois, ce ne sont pas les médecins qui stressent les malades mais le contraire !!! Je vous avoue que cela nous plaît bien !!

Donc nous voilà au grand soir, habillées par le lycée Marie-Laurencin de Riom, l'un de nos partenaires, maquillées par nos socio-esthéticiens, coiffées par notre socio-coiffeuse, telles des stars, énervées mais joyeuses, prêtes à affronter une salle comble, accueillant pas moins de 500 personnes qui pensaient venir pour une soirée caritative gentillette…

Et c'est parti pour une soirée avec nos 3 défilés, entrecoupés par la majestueuse et talentueuse prestation de Bernard, un ami, célèbre commissaire priseur de Clermont-

Ferrand, qui mène la vente aux enchères de tableaux avec une fougue, une émotion et un humour qui subjuguent le public. Chapeau Bernard, tu nous as fait un one man show exceptionnel, digne des plus grands !

Dès que nous entrons sur scène, tout devient magique. Nous ne faisons plus qu'un avec ce public qui alterne entre rires et pleurs. Ce public qui nous ovationne, ce public qui comprend que la vie est belle et que l'on peut tout combattre, ce public qui nous porte aux nues, qui est debout, qui frappe dans les mains au rythme de nos musiques et avec lequel nous ne faisons plus qu'un !

Nous sommes transportées sur scène, nous les Égéries. Nous volons, nous sommes légères, insouciantes, seules au monde et entourées d'une seule même force avec ce public. Nous sommes vivantes, nous avons réussi notre pari et avons récolté 26 000€ de dons pour l'Oasis des Dômes !

Je suis, comme toutes mes amies, sur un nuage (et je mettrai plusieurs jours à en redescendre). Le nuage de l'amour, de l'amitié, de la solidarité, de la combativité, de la beauté, de la vie, de celles qui ont fait quelque chose d'impossible, d'extraordinaire et de fédérateur !

Un moment de grâce !

Ce premier Défilé de la Vie restera pour moi gravé dans ma mémoire et dans mes émotions jusqu'à la fin de mes jours.

J'aurais voulu que le temps s'arrête et que cette osmose d'émotions partagées soit sans fin. Ces émotions au plus profond de moi sont indestructibles et j'en ai les larmes aux yeux en écrivant ces lignes.

LE DÉFILÉ de la ViE...
LAU MOND

À peine cette soirée terminée, je propose à mes amies de repartir pour l'aventure 2020. Tout le monde le souhaite et le réclame, que ce soient les patientes, les partenaires, et tous ceux qui nous ont accompagnées. C'est génial !

Le Défilé de la Vie 2020, comptera 5 nouvelles Égéries : Anne, Claudine, Mireille M., Sandra et Valérie. À cause de l'épidémie de Covid, il ne peut avoir lieu à l'Opéra de Clermont-Ferrand, comme prévu. Il reprendra sous sa forme initiale en octobre 2021.

Pour autant, nous continuons notre combat pour récolter des fonds au profit de l'Oasis des Dômes et le Défilé de la Vie 2020 prend cette année la forme d'une cagnotte avec Fanny Leeb comme marraine de l'événement. Je suis très heureuse qu'elle ait répondu favorablement à ma sollicitation car c'est une belle personne, comme nous toutes, et qui mène le même combat que nous avec de la force, de la beauté et de la générosité. Merci Fanny d'être avec nous dans cette belle aventure du Défilé de la Vie !

Bon ! Miss presque Univers, va falloir redescendre sur terre car tu as encore un chapitre à écrire.

Pour vous qui êtes, suite à la lecture de ces lignes, hyper frustrés de ne pas avoir été à l'Opéra avec moi pour ce Défilé de la Vie 2019, voici les liens de la vidéo complète et un extrait de 10 minutes, ainsi que celui de l'Oasis des Dômes où vous retrouverez toute notre histoire :

Avertissement : se munir de mouchoirs....

https://www.youtube.com/watch?v=X6U8TV7VLQw

https://www.youtube.com/watch?v=gL1cNR5Da0k

https://l-oasis-des-domes.com/

CHAPITRE 8

Mon nouveau moi

05 octobre 2020

La petite brunette avec son nez en trompette s'est transformée en petite grisounette avec toujours son nez en trompette !

Le décor est planté sur le haut de ma personne.

Pour le buste, on est passé de Lolo Ferrari à Jane Birkin : de 2 gros seins on a maintenant une poitrine « aussi plate que les garçons, que c'est con ! », mais non c'est pas con… Miss Univers aussi peut ne pas avoir de tétons !!

Oups ! On était resté à l'Amazone avec son sein unique, l'autre étant coupé pour combattre efficacement cet ennemi : le cancer !

Pour aller jusqu'au bout de mon combat, j'ai décidé de faire la deuxième mastectomie : en effet, il ne m'est pas possible d'imaginer que dans mon deuxième sein, le cancer puisse venir s'installer et y répandre son poison: stop ça suffit ! De plus, pour moi trop dur de vivre avec un buste asymétrique, pas harmonieux, de voir ce sein orphelin, seul et qui, pour montrer son existence, me fait pencher, me tire le dos, ce qui n'arrange pas mes douleurs !

Oui j'ai oublié de vous raconter que j'ai voulu faire de la voltige dans mes escaliers et résultat : vertèbre cassée et opération donc un peu fragile le dos maintenant.

Ne vous moquez pas car en plus de Miss Univers je ne peux pas être la reine du cirque Pinder…

Donc armée de courage, de soulagement aussi et de l'amour immense de mon chou Philippe, je vais faire faire cette mastectomie en me disant que ce sera la dernière étape de ce combat féroce contre ce serial killer ! Je lui fais un pied de nez en pensant qu'il n'aura plus de terrain de jeu, en tout cas pas sur mon deuxième sein.

Je vous avoue que j'ai aussi un peu peur de me retrouver devant mon corps de femme, amputé de ses attributs les plus « sexy » mais ma détermination à suivre mon instinct et ce que je pense être le mieux pour moi me porte plus sereinement dans la salle d'opération.

Et là Jean, mon anesthésiste préféré, va falloir me mettre la dose d'anesthésiants pour que Virginie puisse œuvrer en toute tranquillité. Faudrait pas que je me réveille en plein milieu de l'opération et que je change d'avis…

Mais rassurez-vous, tout s'est bien passé !

Partie la boule au ventre car j'allais faire vraiment le grand saut. Devenir Miss Univers sans seins, il faut être gonflée !

Et là, j'étais prête à me dégonfler la veille de l'opération mais ma décision était prise et mon caractère de fox terrier m'a fait aller jusqu'au bout.

Je précise que mon chou était là, avec son amour, et qu'il m'a bien soutenue pour le grand saut c'est important...

Une fois réveillée, je me sens légère (mon dernier attribut pesait presque 1 kilo) et soulagée. De toute façon, mes chéris à ce moment-là tu ne peux plus faire marche arrière !

Jean, avec sa potion magique, a permis à Virginie de me sculpter ce buste de mon nouveau moi, à la Jane Birkin, et je pourrai dorénavant chanter sans complexe : « Les autres filles ont de gros nichons, moi je suis aussi plate qu'un garçon, didoudidouda.... »

- Alors ma grisounette, que penses-tu de ta nouvelle silhouette ?

Tu acceptes ce buste ni femme ni homme mais c'est le tien et ton chou te dit qu'il t'aime comme cela ! Ton chou te montre à chaque instant cet amour, ton chou te fait accepter ce nouveau corps de femme qui est le tien et grâce à ton chou tu te sens une vraie femme même sans tes seins !

Tu feras peut-être dans quelques temps un excès de coquetterie avec un joli tatouage sur la cicatrice ?

Bon tu es enfin entrée dans la phase de rémission. Ce nom un peu barbare qui fait que tu trembles à chaque examen, que tu as la trouille que le cancer revienne réinvestir une partie de ton sublime corps. J'avoue que ces moments-là te pourrissent un peu la vie mais tu décides d'adopter la pensée de Confucius :

« Se préparer au pire, espérer le meilleur et prendre ce qui vient. »

Je t'assure que ça marche !

Mesdames et messieurs, la nouvelle Pascale est arrivée !

Et ça décoiffe un peu les autres !!

Prenez-là comme elle est !

De toute façon pas le choix, elle est dure à cuire et elle assume son nouveau moi.

Oser ce que j'ai rêvé :

- Écrire ce livre !
- Faire un spectacle avec Marie-Chantal (humoriste originaire de notre région) et devenir l'une des Chantalettes,
- Contacter Fanny Leeb pour le Défilé de la Vie 2020 et obtenir son marrainage de l'évènement,

- Foncer, profiter au maximum de chaque instant,
- Aller à l'essentiel.

Rien ne m'arrêtera plus jamais : j'irai toujours au bout des choses.

Je suis remplie de zénitude, je prends du recul si besoin très facilement.

Je suis enfin moi-même et toujours FEMME !

Je veux remercier l'équipe médicale au grand complet, les manipulateurs, les infirmières, secrétaires, oncologues, chirurgiens, sénologues, radiothérapeutes, anesthésistes et tout le staff qui s'est occupé de moi car sans eux, je ne serais peut-être pas là aujourd'hui et je n'aurais pas vécu ces deux années de façon aussi sereine, aussi battante et aussi déterminée à mener ce combat avec eux !

Grâce à cet accompagnement professionnel rempli d'humanité, j'ai pu accepter mon cancer, lutter contre le plus positivement et le plus efficacement possible, décider de faire ma deuxième mastectomie en toute connaissance et accepter mon nouveau moi.

Soline

Peu après une reconversion professionnelle pour devenir sophrologue, on me diagnostiquait un cancer du sein.

Je subis alors un « attentat » dans mon corps, mais les hasards de la vie ont mis Pascale sur mon chemin.

Une nouvelle vie commence pour moi après le cancer, plus riche que celle d'avant.

Aujourd'hui je suis adulte, authentique et heureuse.

Petite réflexion de moi-même qui vaut ce qu'elle vaut mais dont chacun devrait intégrer le sens afin de profiter de la vie et des beautés qu'elle recèle.

À la fin de la vie il y a la mort,
mais avant la mort il y a la vie.

A comme Amis

Je sais et je sens qu'ils sont là pour moi. Même si physiquement ils ne sont pas proches de moi, je sais que je peux compter sur eux en cas de besoin.

Un ami, c'est celui qui pleure quand je lui annonce le diagnostic, mais c'est aussi celui qui me fait rire avec une réplique du film *Les bronzés font du ski*.

C'est encore quelqu'un qui sait m'écouter, juste écouter, mais savoir écouter c'est énorme.

Les amis sont des personnes qui me prennent comme je suis dans ma globalité d'être humain, avec mes bons mais aussi mes mauvais côtés.

Avec mes amis, je ne cherche pas à plaire ni à faire des efforts. Je suis juste moi, une personne authentique, chiante mais attachante.

Mes amis sont les personnes qui me souhaitent mon anniversaire par sms parce qu'ils savent qu'en mettant un message sur Facebook j'aurai l'information un ou deux ans après…

Mes amis savent, quand ils viennent dîner à la maison, qu'il y a trois phases dans une soirée :

- le dîner (jusqu'à 22 h 30 à peu près, 23 h si je suis vraiment en forme),

- le moment où je vais mettre mon pyjama,

- le moment où je vais me coucher, soit à peu près 10 minutes après avoir enfilé mon pyjama.

Mes amis forment comme une bouée invisible de bienveillance autour de moi. Je remercie toutes ces personnes pour ce qu'elles sont et leur témoigne tout mon amour.

Après avoir traversé le traitement, aujourd'hui encore je me pose une question : est-ce qu'une personne qui ne peut pas me voir quand je n'ai plus de cheveux est un ami ?

Je suis tentée de répondre oui car les marques du traitement renvoient aux gens le fait qu'eux aussi peuvent être vulnérables. La maladie fait peur, et, bien que le cancer ne soit pas contagieux, il me semble que certaines personnes se trouvent dans l'incapacité de regarder la maladie en face.

Est-ce que l'amitié justement ce n'est pas accepter que l'autre ne se sente pas capable de me voir malade ?

C'est ce sentiment paradoxal que j'ai vécu tout au long du traitement. D'un côté, je souhaitais que les personnes continuent à se conduire de façon naturelle. D'un autre côté, j'étais touchée par les messages et les marques d'attention.

Mes amis sont dans l'ensemble tous assez drôles, me font rire et j'adore. L'humour est une grande qualité pour moi. Rire permet de se défouler. Quoi de mieux qu'un bon fou rire entre copains ?

B
comme Bonnets et Boucles d'oreilles

Lorsque mes cheveux puis mes cils et sourcils sont partis, j'ai senti le besoin de combler ce manque. Pour me couvrir la tête, j'ai choisi des bonnets (ma chimiothérapie était programmée en hiver donc quelque part cela tombait très bien dans mon planning : le timing était parfait...). Mon choix s'est vite porté sur les bonnets après une séance d'essayage de perruques dans un magasin spécialisé.

J'entre dans cette boutique avec mes deux enfants et procède aux essayages : du mi-long, du court, du cheveu châtain clair, du cheveu blond. L'une des coiffes plaît bien à ma fille, mais pour moi c'est juste impossible de me projeter avec cet animal mort sur la tête pendant plusieurs mois.

Je me sens déguisée, antinaturelle et pas à l'aise du tout. Cette sensation est très inconfortable pour moi.

Avec la perruque au carré je peux devenir sosie de Chantal Goya et chanter pandi-panda. La perruque courte me donne l'air de Margaret Thatcher et je n'ai que 37 ans. Si je pouvais éviter d'être propulsée d'un coup d'un seul dans l'ère des cinquantenaires cela m'arrangerait.

J’explique aux enfants que cela ne va pas être possible. Nous choisissons ensemble un joli bonnet bleu et un autre noir que je pourrais agrémenter à l’envie de bandeaux par un jeu de superposition pour donner du volume à mon crâne.

Je me sens enfin unique et féminine, tout comme le nom du magasin dans lequel je me trouve.

Une fois que nous sommes rentrés à la maison, ma fille me demande :

- Est ce que tu pourras mettre une perruque pour venir me chercher à l'école ? Je n'ai pas envie que les copains de ma classe voient que tu n'as plus de cheveux.

Je lui ai simplement répondu que maman avec une perruque ce n'est pas maman, et puis je lui ai dit que j'allais parler avec sa maîtresse. Que si des copains se moquaient par exemple, il fallait qu'elle le dise à la maîtresse afin qu'ils puissent avoir une discussion tous ensemble sur la maladie.
La mort, la maladie sont autant de sujets que les enfants abordent entre eux et je crois qu'il vaut mieux en parler avec eux. Pas plus tard qu'hier, mon garçon de cinq ans me disait que son copain avait perdu son papi parce « qu'un vaisseau dans sa tête avait éclaté ».

Depuis, je sais qu'une des élèves de la classe de ma fille lui a dit que sa maman avait aussi eu un cancer.

Mon look avec des bonnets ou bien des foulards me convenait tout à fait. Mais quelque chose manquait à mon visage. Il manquait ce petit détail qui en fait n'en était pas un pour moi. L'accessoire indispensable qui m'a permis :

- d'afficher ma féminité,
- d'affirmer un style bien à moi.

Et qui n'est autre que ……. La boucle d'oreilles. Ce bijou d'oreille allait de pair avec les bonnets et foulards car il habille joliment le visage tout en lui donnant du volume, ce petit twist qui manquait à mon look.

À moi le style Frida Kahlo et son côté un peu artiste, ou encore un look Simone de Beauvoir pour une tendance intello « Paris Dauphine ». Des foulards dotés d'un imprimé africain avec un joli nœud sur le devant et je me retrouve dans la peau de la chanteuse Imany. C'est quand même mieux que Chantal Goya ou Margaret Thatcher…

Si je cherche à être plus sérieuse, car il est bon de temps en temps d'être sérieux, je dirai que j'ai réussi à trouver un style bien à moi durant ma chimiothérapie. Je vous assure qu'il est possible d'avoir du style en chimiothérapie, il suffit juste d'en avoir un à soi et de ne pas jouer à être quelqu'un d'autre.

Perdre mes cheveux m'a permis d'assouvir ma curiosité. J'ai toujours eu envie de voir quelle tête j'aurais avec les cheveux rasés façon Demi Moore ou Sinéad O'Connor.

De plus, je me suis amusée avec les foulards pour rester originale et anti-conformiste, ce que je suis un peu dans ma vie de tous les jours quand j'ai mes cheveux.

L'imagination et la création de l'être humain sont inépuisables et peuvent se révéler en toute situation.

C
comme Chimiothérapie

Je ne peux pas parler de chimiothérapie sans parler de Pascale.

J'ai fait la connaissance de Pascale en séance de sport adapté, activité proposée entre autres dans le cadre des soins de supports au Pôle Santé République.

Nous avions échangé en cours sur le fait d'aller marcher ensemble. Le dernier cours de sport arrive et puis pas de marche à l'horizon. Nous décidons de programmer nos séances de chimio ensemble. Et le premier jour, hasard de la vie : nous partageons le même taxi pour aller à notre séance de chimiothérapie.

Nous partageons aussi le même médecin oncologue.

De ces moments passés ensemble est née une amitié, un lien qui m'a permis d'affronter le traitement dans la joie et la bonne humeur. Je peux même dire que j'étais contente d'aller en soins car je retrouvais Pascale, son sourire et son énergie. Cette chimio, c'était vraiment notre moment à nous. J'en profite pour remercier aussi la génialissime équipe du 6e étage du Pôle Santé République qui s'est arrangée à chaque fois pour nous trouver une place dans le même box.

Pour ma toute première séance, j'avais voulu être seule (sans accompagnant et seule dans le box). Une salle m'a été attribuée dans laquelle j'avais pu lire tranquillement *Elle Magazine* tout en admirant une jolie vue sur le puy de Dôme. Bilan des courses : plutôt pas mal comme expérience solo, je me suis sentie bien.

Puis après, j'ai expérimenté quelques séances à plusieurs dans un box car je n'avais pas la possibilité d'être seule ces séances-là. Avec un certain recul, je peux dire que la cohabitation en chimio ce n'est pas tout le temps très cool (pour moi en tout cas).

Expérience de groupe n° 1 :

Une mamie arrive avec un pansement énorme juste en-dessous de la clavicule et raconte son histoire : « j'ai fait une infection sur le dispositif de chimiothérapie et le médecin a été obligé de m'en réinstaller un autre, je peux vous dire que cela fait un mal de chien ».

Alors je n'avais pas pensé que le dispositif par lequel passe le traitement pouvait s'infecter mais maintenant je le sais, c'est chouette....

Expérience de groupe n° 2 :

Je partage ce jour-là un box avec une femme qui est en avance par rapport à moi sur le protocole. En effet, celle-ci a déjà entamé le deuxième produit. Elle me raconte comment elle a cru en finir avec la vie lors de sa première séance :

« Je n'arrivais plus à respirer, heureusement que la personne à mes côtés a actionné le bouton pour appeler l'infirmière sinon je crois que j'y serais restée. J'ai fait une allergie au produit donc depuis, étant donné que je réagis assez mal, il faut faire passer le produit très doucement. La séance dure beaucoup plus longtemps, cela prend à peu près toute la journée. La dernière fois je suis sortie à 21 h ».

Bon ben j'ai hâte de commencer ce deuxième produit, moi qui n'avais pas pensé qu'une allergie était possible... ça c'est fait. Moi qui me demandais aussi comment occuper mes longues après-midi d'hiver, me voilà rassurée...

Expérience de groupe n° 3 :

Cette fois-ci avec la télévision à fond les ballons qui crache ses programmes sans intérêt. Le problème c'est que même si je ne regarde pas les images, il reste quand même le son. Cela n'est pas le pire en fait. Les expériences vécues auparavant m'ont presque fait apprécier le *Téléachat* ou encore *Affaire conclue*. C'est tellement captivant d'entendre Nadine, Yvonne ou Bernard qui essaient de fourguer à un bon prix une poubelle, une boule d'escalier ou une enclume...

Puis Pascale est arrivée tel Zorro sur son cheval noir et nous avons fait toutes nos autres séances ensemble. Ouf, il s'en serait fallu de peu pour que je devienne désagréable et de mauvaise compagnie en box de chimio...

Nous avons enchaîné les séances, soudées et cinglées comme jamais. À un moment donné, nous nous sommes même demandé ce qui passait dans les poches de chimio : quelle est la nature de ce liquide qui nous donne des ailes, comme le Red bull ??

Pendant nos séances, deux projets ont émergé :

- l'organisation d'un défilé visant à récolter des fonds pour les soins de support. Je n'en dis pas plus pour le moment…

- l'écriture d'un livre à quatre mains afin de croiser nos expériences respectives pour les faire partager au lecteur.

Pour résumer, ces séances de chimiothérapie ont fait naître une amitié indéfectible, de supers moments de complicité et enfin deux jolis projets.

La leçon que je peux tirer de cette rencontre s'exprime bien dans la phrase suivante :

On peut toujours tirer du positif d'une expérience a priori négative.

LES DÉGLINGOS en ACTION...
BOX CHIMIO
?
HAHAHA !
HiHiHiHi !
HÉHÉ !
HO ! HO ! HO !
?
LAVMOND

D
comme Défilé de la Vie

Le Défilé de la Vie a eu lieu devant 500 personnes à l'Opéra de Clermont-Ferrand le 15 octobre 2019.

Ce 4 janvier 2019, je rejoins Pascale dans le box numéro 5 après avoir vu le médecin. En pénétrant dans la pièce, je remarque qu'elle se trouve en compagnie d'une dame que je connais. En effet, ma sœur aînée que j'admire au passage a eu le même cancer que moi un peu plus d'un an auparavant. Elle avait fait une séance d'art thérapie avec Françoise à l'époque. J'ai donc déjà rencontré cette dame très douce et avenante qui propose aux patients qui le souhaitent d'expérimenter cette pratique.

Pascale est en train de travailler sur un masque blanc, style masque de carnaval de Venise. Ma première pensée en la voyant est la suivante. Et bien moi je vais aller me planquer sur mon fauteuil de chimio et attendre bien gentiment les infirmières. Je n'ai pas du tout envie sur le moment de participer à cette activité.

Puis Pascale, tout en s'appliquant à dessiner des cils à son masque, part dans un délire de défilé que l'on pourrait organiser pour montrer les masques. Allez c'est reparti, les effets secondaires de ces produits sont vraiment sous-estimés…

Je l'écoute un peu perplexe, mais au fil de notre discussion je commence à me dire que cela peut faire naître un super projet.

Pascale me lance alors :
- Tu veux faire un masque ?
Ce à quoi je m'entends répondre :
- Je ferai un masque si on fait ce défilé.

L'aventure du défilé est lancée. L'idée est qu'il doit rapporter un maximum sans rien coûter.

Bilan de l'opération : plus de 25 000 euros de dons versés à l'association de soins de support l'Oasis des Dômes grâce à l'implication d'une multitude de partenaires. Dons d'argent, de prestations de services (musique, communication, prêts de costumes), dons d'accessoires pour le défilé, de tableaux provenant d'une galerie d'art bien connue sur la place de Clermont-Ferrand, shooting photo en coulisses et pendant le spectacle par deux photographes de talent.

La vente aux enchères le soir du défilé est divinement orchestrée par un commissaire-priseur aussi drôle que généreux.

Je ne pensais pas qu'autant de personnes soient capables d'un tel dévouement.

En plus d’être une opération caritative, la préparation de ce projet a été une aventure artistique et humaine formidable : choix des musiques, des thèmes sur lesquels défiler, choix et essayage des costumes, répétitions, rencontres de gens très compétents et pleins d’empathie.

Avec Pascale, nous avons entraîné dix autres femmes dans ce spectacle, et cela m’a permis de faire de belles rencontres. J’attribue une mention spéciale à Georgette qui est devenue au fil du temps ma grand-mère de cœur, et qui au passage fait de supers omelettes… Du haut de ses 93 ans, Georgette était sur la scène de l’Opéra ce 15 octobre dernier. La voir défiler en dansant sur la chanson *Vive le douanier Rousseau* de la compagnie Créole a été pour moi un moment de grâce.

Georgette est la preuve vivante qu’il faut toujours garder espoir dans le combat contre la maladie.

Le jour J arrive.

Nous avons rendez-vous avec Pascale devant l’Opéra à 9 h pour déposer les costumes et préparer les loges.

J’ai passé une journée dans la peau d’une artiste, entre ma loge et la répétition générale. Une révélation pour moi tellement j’ai pris plaisir à en savourer chaque instant. Je tiens d’ailleurs à remercier toute l’équipe de l’Opéra pour sa disponibilité et son professionnalisme. Une petite dédicace à Erwan, un des techniciens, qui est allé réceptionner pour moi les petits fours livrés par ma chère maman. En pleine répétition, je n’ai pas vu le temps passer et j’ai failli planter maman avec son super Kangoo devant l'Opéra. Et là, je vois Erwan qui vient vers moi et qui me dit :

- Ta mère ne devait pas livrer le buffet à 16 h ?
- Merde, j'ai complètement zappé !
- T'inquiètes, je m'en occupe.
- Merci Erwan.

J- 4 heures :

Répétition générale. Le trac est présent. J'ai peur d'oublier des mouvements pour le défilé en solo et de ne plus me rappeler de la chorégraphie pour les deux autres défilés. En clair, je ne maîtrise pas grand chose et ce sentiment de ne pas être au top n'est pas très agréable. En gros, je me dis intérieurement que je suis bien dans la m.... Parce que je ne peux plus reculer.

J- 1 heure :

Séance habillage et maquillage.

J- 10 minutes :

Nous sommes toutes prêtes en coulisses et je me prépare étant donné que je suis la première à me lancer sur scène. Les discours d'introduction prennent fin, et Marie-Luce lit mon texte qui lance le début du spectacle.

La musique que j'ai choisie retentit dans l'Opéra et c'est à moi. J'entends depuis les coulisses le public qui applaudit en rythme sur la musique, et là, comme par magie, je me jette à l'eau comme portée par ce public en or. Je n'ai plus peur, je suis heureuse d'être là et je profite pleinement de cet instant merveilleux. Je me sens enveloppée par la musique qui fait vibrer chaque partie de mon corps. Je me sens artiste, je me sens danseuse, je me sens à ma place sur cette scène. Quand j'étais petite, j'avais envie d'être actrice ou chanteuse…

Pour résumer le bilan de la journée, j'emprunterai les mots de Claude, notre metteur en scène génial qui nous a accompagnées lors de nos répétitions :

« Mauvaise répétition, bon spectacle ». Merci à toi Claude, tu assures un maximum.

Rendez-vous aux prochains Défilés de la Vie en octobre 2020, 2021, 2022…

Un grand merci à toutes ces personnes et tous nos partenaires sans qui le Défilé de la Vie n'aurait pas été une telle réussite.

BONJOUR BONJOUR ! ON VA EMBARQUER POUR UN PAYS QUI VA VOUS ENCHANTER
VOUS EMBIGUINER
VIVE LE DOUANIER ROUSSEAU !
THE GEORGETTE'S BAND
LAVMAND

E comme Examen

« La vie c'est comme une boîte de chocolats, on ne sait jamais sur quoi on va tomber. »

Robert Zemeckis et Tom Hanks dans *Forrest Gump*

6 juillet 2018. Une date importante car ce matin de juillet nous avons rendez-vous avec Russell, mon mari, chez le notaire. Nous allons acheter une maison pour laquelle nous avons eu un coup de cœur mutuel. Cette maison a une âme et nous savons que nous y serons heureux. Dans la voiture qui nous mène sur le lieu du rendez-vous, je remarque que nous signons le 6 juillet, date symbolique puisque nous nous sommes mariés le 6 juillet 2013.

Après la vente, je fais un premier voyage avec des cartons puisque nous devons libérer notre ancienne maison qui est vendue. Il fait beau et je commence à décharger les cartons dans la salle à manger de notre nouvelle maison. Je me sens heureuse. Je prends une douche rapide et me change car j'ai rendez-vous pour un examen de contrôle en ville.

J'arrive sur les lieux, j'attends un moment et une jeune fille vient me chercher afin d'effectuer la mammographie.

J'avais senti une boule sur le côté de mon sein droit. Je viens simplement vérifier que tout va bien car c'est certainement une masse sans importance qui porte le nom de fibroadénome. Je suis confiante. La mammographie terminée, on m'indique une deuxième salle.

Je trouve le temps long dans cette salle toute seule et je commence à sentir un stress qui monte et qui se propage dans l'ensemble de mon corps.

Je vois alors arriver C., une radiologue que je connais qui décide de faire une échographie puis une biopsie dans la foulée. Au moment où elle me demande si je suis accompagnée je comprends qu'il se passe quelque chose. Elle connaît mon mari et me dit de prendre rendez-vous pour les résultats la semaine suivante « à n'importe quelle heure et n'importe quel jour ».

C'est à ce moment précis que je comprends que l'examen a décelé quelque chose d'anormal. Je ne peux pas mettre de mot sur cette chose car je suis en état de sidération. J'ai un truc mais je suis dans le déni. Cela ne peut pas être un cancer. J'ai vu en avril ma gynécologue qui n'a pas jugé utile de me prescrire d'examen complémentaire. Pourtant je suis imprégnée par cette maladie car ma sœur ainée est en phase de rémission d'un cancer du sein. Je me dis pour me rassurer qu'il serait peu probable que je développe le même cancer au même âge. La probabilité fait que c'est tout bonnement impossible. Les statistiques et moi on a toujours été fâchées…

Le 7 juillet, nous déménageons et je ne peux pas porter

les cartons car la radiologue m'a conseillé de ne pas faire trop travailler mon bras. Je lui ai dit que j'allais quand même shampouiner la moquette parce que c'était prévu. Ce à quoi elle a souri.

Moi :

- Cela peut-il être une lésion pré-cancéreuse, demandais-je.

Pas de réponse mais juste un sourire bienveillant qui masque le fait qu'elle ne peut rien dire mais qu'elle suspecte fortement quelque chose de pas très cool.

Elle me laisse dans la salle en me disant avant de refermer la porte :

- On croise les doigts.

Je me rhabille de façon mécanique comme si mon cerveau n'était plus connecté au reste de mon corps.

Puis, je sens le besoin de sortir du cabinet de radiologie car je me sens tout à coup oppressée dans cet endroit. Dans le couloir, je téléphone à Russell qui est au travail à l'hôpital. J'entends sa voix et je me mets à pleurer en lui expliquant entre deux sanglots qu'il y a quelque chose d'anormal dans mon sein et que nous avons rendez-vous la semaine suivante pour les résultats. La voix de Russell est pleine de désarroi et de culpabilité mais cet examen était juste un examen de routine.

Je suis en état de choc.

Le soir, nous mangeons avec ma copine gynécologue et son super mari qui nous hébergent. Nous buvons un verre de champagne pour fêter notre achat de maison mais personne n'a le cœur à la fête. Malgré le contexte très pénible de cette soirée, mes copains parviennent à me faire apprécier les Saint-Jacques et le champagne grâce à leur humour et leur bienveillance naturelle.

L'attente, jusqu'au moment des résultats, me semble interminable.

Le 11 juillet, j'étais au téléphone à la maison avec la cousine de Russell. Ce dernier arrive alors que je ne l'attendais pas. Il me dit de raccrocher et de venir m'asseoir sur le canapé du salon. Il m'annonce que j'ai un cancer, le même que ma sœur, ce qui veut dire opération, puis traitement par chimiothérapie puis rayons. Il pleure et s'excuse. Comment pourrais-je lui en vouloir de m'annoncer ce que je sais déjà ? Je préférais l'apprendre par lui que par le médecin. Pas facile le rôle de médecin quand sa femme tient le rôle de la patiente.

Le point positif dans tout cela c'est que je sais comment cela se passe, je connais l'environnement de l'hôpital et l'équipe qui y travaille étant donné que j'ai accompagné ma sœur lorsqu'elle était en traitement.

Avant l'opération, je dois passer plusieurs autres examens et l'attente des résultats à chaque fois est quelque chose de très angoissant pour moi.

Pour finir sur une note positive (dans le négatif il y a toujours du positif), les examens existent pour pouvoir déceler les maladies. C'est grâce à cet examen que j'ai pu être prise en charge pour mon cancer. Alors mesdames même si cela n'est jamais une partie de plaisir et qu'on préfère aller chez le coiffeur :

N'oubliez pas votre mammographie de contrôle tous les ans à partir d'un certain âge (40 ou 50 ans selon les cas, les antécédents familiaux).

De plus, prenez l'habitude de vous palper les seins. Mon conseil, c'est plutôt sous la douche car cela passera mieux que dans la file d'attente du supermarché…

F comme Famille

La famille, ce sont toutes les personnes qui comptent pour vous car elles vous apportent le soutien et l'amour inconditionnel dont vous avez besoin au quotidien.

Lison et Clarence, mes enfants. Lison est drôle, gentille, attentionnée et a ce petit côté artiste et tête en l'air qui me fait craquer. Lison, c'est ma petite puce qui voue une passion à la danse classique et qui est effectivement très gracieuse et heureuse quand elle danse. C'est aussi elle qui me donne des idées pour résoudre des petits problèmes rencontrés par Clarence à l'école. J'aime faire son chignon de danseuse et lui masser le visage et les pieds avec ma crème à l'abricot car « ça fait trop du bien », me dit-elle.

Clarence, mon petit garçon qui aime beaucoup faire rire les gens. Je dois avouer que quand il imite Jacquouille la fripouille dans *Les Visiteurs*, il est difficile de ne pas rigoler. Surtout quand nous sommes chez le dentiste et qu'il répond à la secrétaire façon Jacquouille en hurlant : « C'est OK, c'est OK ». Puis, c'est le même petit garçon qui aime choisir et me mettre mes boucles d'oreilles le matin, qui me fait des « grattés » dans le dos le soir quand je lui fais un câlin. J'aime cuisiner avec lui car il met tout son cœur à éplucher une carotte de ses petites mains agiles et fragiles.

Ce sont mes deux enfants qui me disent :
- Tu es belle maman même sans cheveux,
quand je me suis fait raser la tête.

J'adore les voir jouer ensemble et être complices :

- Maman s'il te plait tu peux nous laisser on est en train de jouer.
- Ok je m'en vais mes amours, maman vous laisse grandir en paix…

Russell est ma béquille quand j'ai un coup de mou. Je me sens protégée quand il m'entoure de ses bras. Je me sens aimée quand il pose son regard dans le mien.
Je me sens soutenue quoi que je décide parce que ce qui lui importe, c'est mon bonheur.
Nous formons une équipe solide et nous nous acceptons tels que nous sommes (même si parfois c'est très difficile car nous possédons des logiques complètement différentes). Le cancer est une réelle épreuve dans la vie d'un couple. Mon mari a la tâche difficile d'être à la fois médecin et mari, ce qui est très éprouvant pour lui même s'il essaie de ne pas le montrer par pudeur et élégance.

La famille, ce sont aussi mes parents et ma sœur.

Papa pour commencer, toujours prêt et opérationnel sur certains dossiers : réglage et dépannage sur mon téléphone portable, conseils pour les travaux de notre maison,

- Heu non papa on n'a pas prévu de casser ce mur-là…

Plus sérieusement, il prend le temps de m'écouter avec empathie sans jamais me juger, et il est présent si j'en ai besoin sans être intrusif. Il m'a proposé à plusieurs reprises de m'accompagner en chimiothérapie et j'ai été touchée par cette attention. Je ne ressentais pas le besoin qu'il soit à mes côtés étant donné le duo que je formais avec Pascale. Nous nous tenions compagnie pendant les séances et nous élaborions nos projets… Il ne fallait donc pas que nous soyons dérangées pendant nos réunions de travail…

Maman maintenant, disponible, à l'écoute, aimante et bienveillante. Toujours positive. J'adore quand nous avons nos fous rires ensemble.

J'ai en tête celui que nous avons eu le jour de mon opération chirurgicale quand on m'a prélevé le ganglion sentinelle. Nous étions en train d'attendre le médecin et je feuilletais un *Paris Match*. Tout en tournant les pages, je tombe sur un article consacré à Arnaud Montebourg avec reportage photo en prime. Il est photographié devant des ruches en combinaison d'apiculteur, et l'article s'intitule : Arnaud Montebourg n'a pas le bourdon. À la lecture de ce titre, je commence à avoir envie de rigoler. Dans le même temps, je montre la double page à maman qui lit à voix haute le titre de l'article. Et là on se regarde en riant et c'est parti pour un des plus beaux fous rire de ma vie. Le rire a vraiment le pouvoir de nous sauver des pires situations, c'est juste génial.

J'adore ton côté impulsif car je suis un peu comme toi. Quand j'ai une idée en tête, j'ai du mal à être patiente. Non Russell, je n'ai pas fait appel à une décoratrice d'intérieur pour la maison, j'ai juste passé l'après-midi avec maman…

Enfin Anna, ma grande sœur. Elle a traversé la même épreuve un peu avant moi. Elle ne se plaint pas, elle encaisse en restant positive. Elle a une force et un courage que peu d'entre nous possède. Je l'admire pour tout ce qu'elle est : maman, tata, femme, musicienne, chanteuse, working girl à un moment de sa vie mais qui aspire à autre chose aujourd'hui… Son côté un peu too much des fois m'amuse beaucoup : non Anna ce n'est pas une bonne idée de venir me chercher au travail (je travaillais dans une banque dans mon autre vie) en voulant simuler un braquage. Merci à Anaïs de t'avoir raisonné sans cela je pense que tu aurais passé la soirée de mon enterrement de vie de jeune fille au poste de police…

Reste celle que tu es avec cette générosité qui te caractérise. Tu es tellement belle.

Les amis sont aussi un peu une famille que l'on se choisit donc je remercie chacun de mes amis qui participent à mon bien-être chacun à leur manière.

G
comme Georgette

Quand j'ai pensé à la lettre G, j'ai tout de suite pensé à Georgette. Parce que je n'imaginais pas ce livre sans laisser une place de choix à ma Georgette. Depuis que j'ai rencontré Georgette, grâce à notre Défilé de la Vie, je ne la quitte plus.

Que dire si ce n'est que Georgette, c'est un peu comme la grand-mère que je n'ai plus. J'aime passer prendre mon petit café chez elle en sortant du travail. Je m'y sens bien. Dès fois je mange une crêpe à l'abricot qu'elle fait sauter bien- sûr, sinon c'est de la triche.

Puis de la cuisine, nous passons au salon et nous discutons un moment, elle dans son fauteuil et moi dans son canapé en cuir. Je prends le journal *La Montagne* et voit une publicité pour le Black Friday :

- C'est quoi encore que cette fête à la « mords-moi le nœud ». C'est encore des trucs américains ridicules. Les gens en profitent pour acheter des choses dont ils n'ont pas besoin et ils ont l'impression de faire des affaires.

Elle a tellement raison Georgette…

- Parle-moi de toi Georgette.
- Je suis une vieille bête, une vieille cloche fêlée qui sonne faux, d'un autre temps, qui aime bien son monde, ceux qui l'entourent et qui sont gentils.

Le tempérament généreux de Georgette s'illustre aussi dans sa cuisine :

- J'aimais beaucoup cuisiner, les Noël où on était 12 à table ça ne me faisait pas peur. Je commençais à préparer les menus, après on faisait les commissions avec mon mari et on cuisinait.

Je vous recommande son cake aux fruits confits...

À la télévision, elle aime regarder *Pimp My Ride* :

- Je regarde la 24 et cette émission où ils désossent et ils remontent des voitures. Je n'y connais rien en mécanique mais j'aime bien les regarder faire. Ça ne prend pas la tête et cela passe un moment. Georgette n'est pas forcément là où on l'attend, et ça me plaît.
Voici quelques mots sur Georgette. Il y aurait encore beaucoup à dire, mais tout ce qui est écrit là est une retranscription fidèle d'un moment de complicité que nous avons passé ensemble un mardi après-midi, elle toujours dans son fauteuil, moi toujours dans son canapé en cuir.

Je te remercie Georgette pour tout ce que tu m'apportes. J'aimerais bien vieillir aussi joliment que toi pour devenir un jour une mamie aussi sympa que toi. Tu me rappelles ma tata Louisette adorée qui d'où elle est doit me regarder pédaler sur mon beau vélo.

H comme Humour

L'humour est la politesse des mélancoliques.

« *Une journée sans rire est une journée perdue* »,
Charlie Chaplin.

L'humour pour moi est nécessaire car il m'a toujours permis de tenir et de ne pas pleurer. Avoir de l'humour a toujours été mon moyen de survie, de mettre à distance le tragique et la souffrance. Ma manière à moi de tenir le coup et d'affronter la vie.

J'aime les gens qui me font rire. C'est en effet l'une des qualités que j'apprécie chez les hommes comme chez les femmes.

J'aime rire avec mes enfants car il n'y a pour moi rien d'aussi beau que le rire sans retenue et spontané d'un enfant.

J'aime rire avec mon mari qui est très drôle (enfin la plupart du temps…) !

J'aime les fous rires que nous prenons avec ma mère pour des trucs complètement idiots.

J'aime voir rire mon père quand il regarde *Les Tontons flingueurs* ou quand il lit une BD de *Gaston Lagaffe*.

J'adore le rire de ma nièce Ella, reconnaissable entre tous et tellement communicatif.

J'adore l'humour et les imitations de Mathieu (bruit du dauphin, de l'éléphant, accent belge, cornemuse, tortue en train de manger de la salade … Il sait tout faire mon beau-frère, c'est impressionnant !). J'aime aussi quand c'est lui qui rit tellement qu'il en a les larmes aux yeux lorsque nos enfants jouent au jeu de cartes baptisé Mistigri.

Et puis, il y a aussi les films qui me remontent le moral quand j'ai un petit coup de moins bien : *Marche à l'ombre, Le père noël est une ordure, Les bronzés font du ski*, entre autres…

Le rire est un bienfait pour ma santé au quotidien et pour mon bien-être personnel. Si vous n'avez pas l'habitude de rigoler, et bien entraînez-vous je vous assure que cela fait autant de bien qu'une séance de sport.
Ne vous privez pas de rire : riez seul, avec d'autres, devant un film, en écoutant la radio, en dansant et puis aussi n'oubliez pas de sourire. C'est tellement plus agréable de croiser des gens qui sourient….

« *Offre un sourire à un inconnu, l'inconnu te sourira* »,

proverbe maure.

I
comme Idée

Avant toute action, il y a l'idée.

Après l'idée vient le doute, et le doute je peux vous dire que je ne connais que cela.

Je vous invite quelques instants dans ma tête pour bien que vous puissiez cerner ce que je vis intérieurement tous les jours :

Un entretien intérieur de Soline avec elle-même cela pourrait peu ou prou ressembler à cela :

- Tiens, si j'écrivais un livre ???

- Cela n'est pas mon métier, je n'ai pas de légitimité pour écrire, qu'est-ce que les gens vont bien pouvoir penser de mes écrits. Je n'ai pas les compétences pour écrire, écrire ce livre n'est-il pas une façon pour moi de me mettre trop en avant, et si le cancer avait fait de moi un être humain hyper égocentré, moi je, moi je moi je… Je ne veux pas être cataloguée « malade » et pourtant j'ai envie d'écrire un livre sur l'expérience du cancer…

Puis après le doute vient la maladie, et ce que j'appelle chez moi la naissance du phénomène « même plus peur » : TREMBLER MAIS OSER.

La maladie en cela a eu un impact positif car elle m'a donné la force d'écrire ce livre. Sans cela, je n'aurais jamais fait la démarche d'écrire pour être lue par d'autres.

Il y a aussi « l'effet Pascale », son énergie et la chance de cette belle rencontre. Rien n'est impossible pour elle. À deux on est plus fortes, merci à toi Pascale car tu es pour moi un modèle de volonté et tu me boostes à chaque instant. Tu es un soutien de tous les jours et je ne sais pas par quel heureux hasard nos chemins se sont croisés. Je te remercie pour tout ce que tu es pour moi du plus profond de mon cœur.

ON A DU BOULOT SO...
OUAiP!
LAV MOND

J comme Juillet

En juillet, fais ce qu'il te plaît.

Il y a deux ans, c'était un sale mois. Il y a deux ans, c'était une sale date ce 6 juillet 2018.

Il y a sept ans, je me suis mariée le 6 juillet.

Je souhaite faire de tous les 6 juillet à venir de très jolis jours. Cela fait deux ans déjà que le 6 juillet est un jour merveilleux.

6 juillet 2019 : mariage sublimement beau et élégant de Faye et Mathieu sur l'Île d'Islay en Ecosse. Un moment d'une pureté infinie de grâce et d'amour partagé avec tous mes amis dans un cadre rêvé. Comme dans les films, je revois les mariés sortir du temple sous un ciel bleu et je suis encore émue en repensant au son de la cornemuse qui accompagnait leur marche nuptiale jusqu'au lieu de réception. C'est juste une chance pour moi d'être en vie et de pouvoir assister à des moments aussi forts que celui-ci.

6 juillet 2020 : un repas aux portes en Ré en très bonne compagnie dans un cadre de carte postale. Merci à Colette et Marc pour nous avoir fait découvrir ce trésor caché du bout de l'île de Ré. Steak tartare dégusté ce midi-là. Aujourd'hui,

je parviens même à passer outre mes petits tocs et la peur de faire une intoxication alimentaire … et huîtres le soir : MÊME PLUS PEUR.

6 juillet 2021 : je ne sais pas encore où je serai et ce que je ferai, mais je serai heureuse. Je m'en fais la promesse.

K comme Kilogramme

Un médecin onco-généticien m'a conseillé de ne pas prendre ni de perdre plus de 5 % de mon poids.

Alors pour ce qui est de perdre plus de 5 % de mon poids, il n'y a pas franchement de risque. Pour les personnes qui ne comprendraient pas pourquoi, je vous invite à vous référer à la lettre N comme nourriture.

En revanche, je fais attention à manger le plus sainement possible tout en me faisant plaisir. Le même médecin m'a aussi conseillé de ne pas être sédentaire. Il me semble ici utile de faire un point rapide sur cette notion très galvaudée et finalement pas ou peu suffisamment assimilée par la majeure partie de la population.

Tout d'abord, il faut avoir à l'esprit qu'une personne qui fait trois heures de sport de façon intensive par semaine peut en même temps être qualifiée de sédentaire. En effet, si le reste de la semaine, cette même personne passe beaucoup de temps en position assise elle peut tout à fait s'inscrire dans ce profil sédentaire.

Les petits trucs que j'essaie de mettre en place tous les jours pour éviter d'être sédentaire, comme faire le plus possible de déplacements à pied ou bien à vélo (et puis cela m'évite de m'exciter toute seule dans la voiture car je trouve les gens agressifs en voiture, cela m'évite aussi de perdre ma voiture sur un parking… si , si, cela m'est déjà arrivé plusieurs fois…).

Autre exemple, quand je suis en voiture, je me gare un peu loin de mon lieu de rendez-vous et je finis mon trajet à pied.

Ou encore je prends les escaliers plutôt que l'ascenseur.

Sinon dans une file d'attente, je fais de petits mouvements de gym en me mettant sur la pointe des pieds pour me grandir.

Et pour finir j'évite de passer trop de temps devant la télévision, ce qui ne me force pas du tout à vrai dire…

Quand je fais le ménage à la maison, je me dis que c'est bon pour ma santé donc cela me motive…et puis il y a une certaine satisfaction pour moi à rendre joli mon intérieur (soyez rassuré, il existe bien des jours où j'ai une conception moins positive et philosophique du ménage, je ne suis pas encore bouddhiste…).

L
comme Livre

J'ai toujours eu envie d'écrire, depuis toute petite. J'ai compris ensuite par le biais de mes lectures que l'écriture pouvait permettre à la personne de se sauver. Oui donc à l'écriture comme fabuleux exutoire des maux de mon âme meurtrie.

Un peu comme George Semprun dans *L'écriture ou la vie*, je ressens en écrivant l'urgence et le besoin viscéral d'écrire. C'est une thérapie pour moi, alors je me remercie aujourd'hui d'avoir ce courage de me mettre à nu avec ces écrits.

Je crois aussi au pouvoir thérapeutique de la lecture et comment un livre peut nous redonner espoir en la vie. Il y a ces livres qui m'apaisent et qui mettent un pansement sur mes blessures.

Si grâce à cet abécédaire je peux apporter un tout petit quelque chose à une poignée de personnes, je serai déjà la plus heureuse des femmes.

M
comme musique

« La musique est le véritable souffle de la vie (...). On chante pour s'entendre vivre », une citation tirée de *Les hirondelles de Kaboul* écrit par Yasmina Khadra.

La musique m'accompagne tous les jours. Je commence à chanter dès le matin avec les enfants dans la voiture quand nous allons à l'école.

J'ai fait du piano lorsque j'étais petite mais les méthodes pédagogiques de l'école de musique que je fréquentais m'ont dégoutée de cet instrument. Au fond, c'est bien dommage de faire des années de piano pour qu'il ne reste rien au bout, mis à part ces souvenirs un peu douloureux d'examens. Je vous campe le décor : un jury de professeurs de musique bien austères, tous alignés en rang d'oignons et une grande estrade avec un grand piano à queue, et puis moi terrorisée en attendant de monter jouer Chopin.

- Mademoiselle, on ne vient pas jouer Chopin en Pataugas.

Voilà le genre de réflexions que l'on pouvait entendre... Grosse ambiance « déconne », ces journées d'examens.

Alors oui, aujourd'hui j'ai envie de reprendre le piano mais pour le plaisir de pouvoir chanter. Le piano n'étant que l'accessoire qui accompagne ma voix.

En effet, le fait de chanter est pour moi un des meilleurs moyens d'expression qui existe. Quand je chante ou quand j'écoute de la musique, je sens mon corps tout entier vibrer. Je me sens vivre.

Le *Somebody to love* de Freddy Mercury m'a accompagné pendant que le chirurgien me retirait le dispositif pour recevoir le traitement à la fin de la chimiothérapie. Voilà ce que je me suis dit avant qu'il ne commence :

- Tu te concentres seulement sur la musique et rien que sur la musique.

Bilan de l'opération : c'est chouette l'autohypnose grâce à la musique… Merci à toi Freddy !

J'avais également préparé pour ma dernière chimio sans Pascale (snif) une playlist à écouter, et encore une fois les chansons m'ont rendu ce moment triste mais agréable.

Les chansons tristes m'offrent l'occasion de pleurer, les chansons entraînantes me motivent et me poussent à me dépasser quand je cours autour d'un stade. D'autres titres me donnent envie de danser, il y a les chansons sur lesquelles j'aime chanter, et il y a aussi toutes ces autres chansons qui me rappellent une personne que j'aime, un film, un voyage, une soirée entre copains, un trajet en voiture…

Imaginer un monde sans musique, ce serait imaginer une mer sans vagues et silencieuse, plate et triste.

Ci-dessous, j'ai à cœur de vous présenter ma liste non exhaustive de titres qui me permettent d'accueillir, d'accepter et de vivre mes émotions au quotidien. J'ajoute que je partage cet amour de la musique avec Russell que lui-même a hérité de son papa.

Je souhaite, par le biais de cette liste de chansons, rendre hommage à tous ces artistes qui m'ont accompagnée, qui m'accompagnent et continueront de m'accompagner tout au long de ma vie :

00:00 RÉSISTE de France Gall 00:00

l'une des musiques dont les paroles me boostent le plus.

00:00 MISTRAL GAGNANT de Renaud 00:00

pour pleurer et pour la beauté de cette chanson.

00:00 LA GRENADE de Clara Luciani 00:00

musique choisie pour mon passage lors du Défilé de la Vie à l'opéra en 2019. (#balance ton porc et tous les gros lourds qui donnent un bien mauvais exemple de la gente masculine. # stop la misogynie).

00:00 L'EFFET DE MASSE de Maëlle 00:00

stop au harcèlement scolaire et moral.

Don't stop me now

Somebody to love **de Queen**

parce que personne ne m'arrêtera c'est sûr, mais aussi parce que quand on aime, la vie vaut d'être vécue.

I'm still standing **de Elton John**

top pour les footing.

Fuir le bonheur **de Jane Birkin**

New York, New York **de Frank Sinatra**

et le souvenir de notre semaine dans la Big Apple en famille.

La Baie des fourmis **de Alain Souchon**

regarder la mer, toujours regarder la mer…

Tu m'oublieras **de Larusso**

j'ai eu 15 ans un jour…

Vive le douanier Rousseau
de la Compagnie Créole

spéciale dédicace à Georgette.

VOYAGE EN ITALIE **de Lilicub**

HEY YA **de Obadiah Parker**

SURFIN' USA **de The Beach Boys**

FEELING GOOD **de Nina Simone**

HOTEL CALIFORNIA **des Eagles**

grosse pensée pour mon beau-père.

THE WANDERER **de Jill is Lucky**

LA FOULE **de Edith Piaf**

GEORGIA ON MY MIND **de Ray Charles**

une bise à mon père pour toute cette musique qui a bercé mon enfance, puis mon adolescence.

WITH A LITTLE HELP FROM MY FRIENDS **de Joe Cocker**

toujours pour papa en souvenir de notre concert au Zénith.

Just a gigolo de Louis Prima

toujours papa ...

California Dreamin' de The mamas and the papas

Man in the mirror de Mickael Jackson

souvenir de notre semaine à Londres avec Russell et Michèle.

Dis quand reviendras-tu ? de Barbara

dédicace à maman avec cette chanson que nous t'avions chanté avec Anna pour tes 60 ans.

Hallelujah de Jeff Buckley

dédicace à papa pour cette chanson que j'ai chantée pour tes 70 ans, accompagnée à la guitare par Marc que je remercie encore pour m'avoir offert ce moment merveilleux.

Always remember us this way de Lady Gaga

Ce n'est rien de Julien Clerc

CHANSON SUR MA DRÔLE DE VIE
de Véronique Sanson

YOUR SONG de Elton John

J'TE L'DIS QUAND MÊME de Patrick Bruel

dédicace pour ma sœur Anna en souvenir de notre adolescence et de tous ces jolis moments passés ensemble (entre deux engueulades pour des fringues que je voulais t'emprunter alors que tu dormais encore…).

MA SŒUR de Clara Luciani

pour ma soeur.

RAME de Alain Souchon

pour mes enfants et cette chanson que je leur chantais quand ils étaient petits pour les bercer.

Imitation de « CHANTE ROSSIGNOL CHANTE »
chanté par Javote et Anastasie dans Cendrillon, que je chante à mes enfants quand j'ai envie de les faire rire.

LA VIE NE VAUT RIEN de Alain Souchon

mais rien ne vaut la vie …. Pour la beauté de la chanson et du message (Ah cet Alain, il assure un max).

PIENSA EN MI **de Luz Cazal**

HYPERSENSIBLE EMPATHIQUE **de Rhedji**

les paroles me parlent tellement.

FEARLESS **de Fanny Leeb**

Il y en aurait beaucoup d'autres mais ce n'est déjà pas si mal…

N comme nourriture

L'épicurienne que je suis ne pourrait pas proposer cet abécédaire sans mentionner l'un des grands plaisirs de ma vie : cuisiner.

J'ajoute aussi le plaisir de manger car pour ma part il est inconcevable de cuisiner sans amour de la nourriture. J'ajoute aussi l'amour de l'autre car cuisiner pour l'autre c'est lui envoyer un message d'amour. Je note que bien souvent les gens qui aiment cuisiner sont des personnes généreuses.

Manger de bonnes choses c'est aussi s'apporter de l'amour et de l'attention. Même quand je suis seule, je me prépare toujours une assiette que j'ai plaisir à déguster. Encore quelques livres que je conseille aux épicuriens qui représentent deux belles preuves d'amour : *Le restaurant de l'amour retrouvé* d'Ito Ogawa et *Les recettes de la vie* de Jackie Durand.

Le plaisir des bonnes choses m'a vraiment aidée pendant mon traitement de chimiothérapie. J'ai eu la chance de ne pas perdre le goût ou l'appétit pendant le traitement. J'ai seulement été très incommodée par certaines odeurs qui d'habitude ne me dérangent pas. Je revois mon mari en train de faire cuire des boulettes de viande dans une poêle. J'ai dû sortir de la cuisine, aérer la pièce pendant une heure et j'ai sauté ce repas-là... Ma mémoire est aussi marquée par un déjeuner avec maman au lycée hôtelier de Chamalières juste après ma troisième séance de chimiothérapie. Je garde un très mauvais souvenir de ce moment qui devait être sympathique. À la fin du déjeuner, je me suis sentie écœurée comme jamais mais je n'ai pas osé te le dire sur le coup maman, je voulais que cela reste un bon moment pour toi...

Une conférence à laquelle j'ai assistée au Centre Jean-Perrin avant de commencer le traitement m'a permis de vivre mon plaisir de manger sans aucune appréhension ni culpabilité. J'y ai entendu que l'alimentation pendant la chimiothérapie devait être une alimentation plaisir, de ne pas se priver, de manger des plats en sauce avec de la crème pour éviter la dénutrition. Il ne fallait pas me le dire deux fois...

Tous les magazines qui sortent avant l'été intitulés « - 3 kilos avant le maillot » m'énervent au plus haut point. Les cures de raisins pendant 3 jours, les régimes consistant à manger seulement des aliments verts ou orange, les régimes sans gluten, les régimes 0 sucre, tout cela m'agace. Mais pas autant que ces magazines qui retouchent les photos de filles en couverture et qui font croire à des jeunes filles vulnérables qu'elles peuvent arriver au même résultat. Et après, ces mêmes jeunes filles qui achètent ces magazines iront chez le psychologue et les diététiciens pour essayer d'en finir avec leurs troubles alimentaires.

C'était ma minute « coup de gueule » mais cela me fait du bien de dire ce que je pense d'un système tout pourri.

La beauté d'une personne, c'est surtout le reflet de ce qu'elle est à l'intérieur…

O
comme Opération

L'opération est fixée le 16 juillet 2018, le lendemain de la finale de la coupe de monde de foot. Et là je me dis :

- Si le chirurgien se prend une cuite pour fêter la victoire de la France je suis mal barrée…

En début d'après-midi, je rencontre le chirurgien avant de rentrer en salle d'opération. Je l'inspecte, je le sens. Il a l'air d'avoir la même tête que d'habitude et il ne sent pas l'alcool, c'est plutôt bon signe. J'ai juste un petit moment d'appréhension avant d'être endormie quand il me dit :

- Je ne sais pas trop comment je vais faire.

Je pense que c'est un trait d'humour et qu'il a cerné mon esprit comique, mais dans le contexte c'est assez curieux. De toute façon, quelques secondes ou minutes après je suis dans les bras de Morphée.

La salle de réveil est un endroit où je me trouve entre deux eaux. Pas inconsciente car comme son nom l'indique c'est une salle de réveil donc le but est de se réveiller ; mais pas au top non plus car je ne me sens pas à 100 % de mes capacités.

L'expérience de la salle de réveil ne parlera pas à tout le monde, mais pour moi ce fut un moment pendant lequel je ne me suis pas sentie très digne.

L'opération s'est bien passée. Je suis rentrée chez moi le soir-même sans ma tumeur et ça c'était plutôt chouette. Le chirurgien a pu réaliser une tumorectomie, c'est-à-dire qu'il n'a pas été obligé d'enlever tout mon sein mais seulement la tumeur et une partie autour. Alors mon sein opéré est un tout petit peu différent de l'autre maintenant mais il est sain et c'est bien l'essentiel. En même temps, je n'avais jamais imaginé devenir doublure seins pour le cinéma donc cela tombe plutôt bien…

P
comme Peur

J'ai peur de ne pas toujours être une bonne maman. Il paraît qu'être un parent parfait n'est pas très sain, me voilà donc rassurée…

J'ai peur de ne pas toujours être à la hauteur dans mon travail, même si je m'y sens légitime.

J'ai peur de blesser les gens que j'aime.

J'ai peur des examens médicaux.

J'ai peur des méduses ou de tomber dans un puit.

J'ai peur de perdre les gens que j'aime.

J'ai peur de passer à côté de ma vie, j'ai peur de tout rater.

J'ai peur de vieillir plus vite que la moyenne.

J'ai peur d'avoir peur.

Je n'ai plus peur d'être moi-même, même si je me trouve souvent en décalage, trop sensible et inapte à vivre une vie intérieure apaisée. J'accepte mes états d'âme, mes émotions qui sont souvent immenses et me dépassent.

Je ne m'adapte plus aux gens, ceux qui m'aiment m'acceptent comme je suis.

Je me sens forte aujourd'hui car je réalise tous les jours la chance que j'ai d'être en vie.

Q
comme Qu'est-ce que l'amour ?

Définition de Lison :

« C'est un sentiment plutôt agréable qui vient quand par exemple quelqu'un qu'on aime nous fait un câlin ? J'aime bien quand tu me fais un gros câlin maman. »

Celle de Jean Cocteau :

« Il n'y a pas d'amour, il y a des preuves d'amour. »

L'amour est un très vaste sujet. Mais, je ne pouvais pas faire l'impasse sur cette notion et sur cette réflexion qui me renvoie des années en arrière en cours de philosophie.

Est-ce que l'amour qu'une personne porte à une autre personne est seulement contenue dans un « je t'aime » ?

Est-ce que dans ce « je t'aime » que l'autre nous offre, il y a l'intention de l'amour ? Est -ce que cet amour est palpable à travers ces trois mots ? Et si l'amour existe vraiment et s'impose comme une évidence, pourquoi être obligé de le nommer ?

« L'amour, c'est n'avoir jamais à dire qu'on est désolé. » Cette réplique du film *Love Story* est très belle et me touche beaucoup. Quand on aime l'autre évidemment que l'on ne souhaite pas lui faire de peine. On ne veut que son bonheur et sentir la personne aimée heureuse. Pourtant, il est possible de blesser la personne aimée.

À ce moment-là, l'amour consiste à savoir demander pardon à l'autre. De lui expliquer qu'on est désolé de ne pas avoir bien agi, de ne pas avoir eu la bonne attitude.

L'amour, je trouve, réside dans ces trois phrases :

- Est-ce que tu veux, est-ce que tu permets que, ce qui prouve que l'on prend l'autre en considération et qu'on lui demande son avis avant d'imposer quoi que ce soit.

- Merci : savoir remercier l'autre de ce qu'il est et de ce qu'il fait. Lui être reconnaissant et lui exprimer cette gratitude.

- Pardon : pardon si je t'ai blessé je suis désolée de cela.

L'amour est un médecin qui guérit…

Je crois donner beaucoup d'amour autour de moi, en tout cas ce sont mes preuves d'amour à moi et c'est ma façon d'être heureuse. Je suis tellement heureuse quand je sens les gens heureux. Donner sans rien attendre en retour, c'est pour moi la plus belle façon de donner aux autres. Conduire une action de façon désintéressée.

J'avoue que j'ai du mal à recevoir. Je préfère offrir un cadeau que le recevoir, je préfère faire des compliments à une personne que de les recevoir.

Cependant, avec l'expérience de la vie, l'âge et tout le reste, je commence à me dire que je suis sur le bon chemin.

Pour aimer les autres, je crois qu'il faut déjà s'aimer soi. Vous allez me dire que c'est complètement banal et que j'enfonce des portes ouvertes. Peut-être mais en même temps c'est tellement vrai.

Alors je crois qu'aujourd'hui j'arrive à m'accepter comme je suis. Je ne jalouse personne. J'arrive à trouver une fille belle sans me dire : cette fille est plus belle que moi, elle a de la chance… Je trouve cette personne belle objectivement mais aussi pour ce qu'elle dégage. Une personne, c'est tellement plus qu'une enveloppe : c'est une âme, c'est un style, c'est un individu dans toute sa globalité.

Les gens que j'aime sont beaux, rien de plus.

Aujourd'hui, je parviens à recevoir un peu plus facilement l'amour que l'on me témoigne. Je remercie tous ceux qui, grâce à leur marque d'amour, me permettent de savourer la vie et me rendent heureuse.

R comme Récidive :

oui la maladie peut revenir.

R comme Rémission :

oui, je peux et je vais guérir. J'ai espoir. C'est peut-être ma force.

R comme Renaissance :

tel le Phénix dans la saga *Harry Potter*, une deuxième vie commence pour moi après le cancer.

LE CANCER ON L'EMMERDE!
OUAIS!

S
comme Sophrologue

C'est mon métier. Je suis sophrologue. Je me sens à ma place et légitime dans ce métier.

C'est un choix que j'ai fait après un cheminement personnel semé d'embûches.

J'ai connu le harcèlement scolaire au collège. J'ai connu la souffrance au travail et ce que l'on appelle le harcèlement moral. Je sais aussi ce que c'est que d'être malade. Je sais ce que cela fait d'être aidant d'une personne malade.

Ces expériences douloureuses me permettent aujourd'hui d'accompagner avec justesse les enfants dans les écoles afin de les écouter, et de les aider à gérer leur stress grâce à leur respiration. Qu'est-ce qu'une sensation, qu'est-ce qu'une émotion, comment arriver à mettre des mots sur ce qu'ils sentent dans leur corps ?

Écouter un enfant, sans le juger, sans le conseiller, juste écouter ce qu'il a à dire. En travaillant dans les écoles, j'ai rencontré une animatrice de centre de loisirs qui s'appelle Gwenaëlle. Cette jeune fille m'a permis de progresser et d'adapter ma pratique de la sophrologie aux enfants. En effet, elle m'a démontré (et je l'ai expérimenté personnellement) que les enfants étaient très ouverts et sensibles à l'automassage. Comment ils peuvent prendre conscience de leur corps par le toucher en se massant seuls. Merci à toi pour m'avoir fait grandir dans mon métier de sophrologue.

Après deux expériences en libéral avec des publics majoritairement adultes, je sais aujourd'hui que ma place dans ce métier est auprès des enfants. C'est à ce moment-là qu'il est important qu'ils découvrent la pratique de la sophrologie et comment ils parviendront tout seul à mieux gérer leur stress et leurs émotions grâce à cet outil.

Je crois sincèrement à l'utilité et aux bienfaits des soins de supports dont la sophrologie fait partie.

Pratiquer la sophrologie sur moi m'aide beaucoup dans ma vie de tous les jours à gérer un moment de stress ou bien des émotions qui peuvent être très envahissantes. Juste savoir respirer comme il faut c'est déjà énorme. Puis, savoir prendre des moments de pause avec moi-même pour recharger mes batteries afin de pouvoir encaisser toutes les sollicitations présentes dans mon environnement classique de vie (bruits, émotions, contrariétés, peur, stress, interactions sociales…).

J'aurais été contente de rencontrer un bon sophrologue quand j'étais enfant. Je crois que cela m'aurait apaisé et permis de progresser plus sereinement dans le monde qui était le mien à l'époque.

Je ne vais pas refaire l'histoire, le passé est derrière moi. Maintenant, j'avance un petit peu plus chaque jour. Un pas par jour, mais un pas quand même…

S
comme soins de supports

Pleins de moments d'échanges avec des personnes bienveillantes qui m'ont écoutée avec empathie, qui m'ont permis de me sentir belle et de me réapproprier mon corps, qui m'ont permis de laisser aller mes émotions.

J'ai choisi de tester tout ce que l'hôpital proposait : séance de sport adapté, soins de socio-esthétique, atelier d'art thérapie, massage, accompagnement psychologique et en nutrition, cours de cuisine.

Autant de béquilles qui m'ont aidée à être active dans mon combat contre la maladie et à ne pas me laisser aller.

Merci à tous ces « coachs de vie » et à leur travail très utile. Je citerai leur nom car je souhaite remercier chaque personne qui m'a apporté un soutien à un moment donné quand j'en avais besoin.

Merci à toi Élodie,

Merci à toi Pierre,

Merci à toi Isabelle,

Merci à toi Françoise,

Merci à toi Myriam,

Merci à toi Alix,

Merci à toi Claude,

tu es un soin de support à toi tout seul. J'ai une grande admiration pour toi, pour l'homme et l'artiste que tu es.

T
comme Taxi

Au départ, c'est un véhicule sensé nous amener d'un point A à un point B. Mais pas que….

C'est surtout une personne qui nous accueille et qui nous accompagne quelque part.

C'est Claude, mon chauffeur de taxi qui m'a conduite à mes séances de chimiothérapie et de rayons.

Je tiens à remercier cet homme pour sa gentillesse, sa délicatesse, sa bienveillance, son écoute, ses recettes de cuisine….

Ces moments d'échange avec vous avant et après les séances étaient très réconfortants.

C'est beaucoup plus sympa quand on est dans un taxi de parler au chauffeur que de regarder son téléphone portable. Ou de parler avec une autre personne au téléphone. C'est ma façon d'être, mais je trouve que c'est un manque de respect pour le chauffeur.

U
comme Unfair
(injuste pour les non anglophones)

La vie de ceux qui ont à manger et qui sont aimés n'est pas injuste, ce qui est injuste c'est que certains sont aptes au bonheur et pas d'autres. Voici ma façon de penser toute personnelle.

Je ne vis pas la maladie comme une injustice.

Je ne me positionne pas en tant que victime.

J'ai la chance d'être en vie et de vivre dans un pays dans lequel l'accès aux soins est possible et PRIS EN CHARGE.

Pour certaines personnes qui douteraient encore de cette chance, je vous conseille de visionner le film *Moi, Daniel Blake* de Ken Loach qui a le pouvoir et la force de remettre les choses en perspective.

Alors chers compatriotes comme dirait notre président, vous pensez peut-être payer trop d'impôts en France, mais si vous allez vivre au Royaume-Uni vous n'aurez plus à vous prendre la tête avec cette fameuse question des impôts car vous serez certainement morts faute de pouvoir payer votre traitement.

Ce que je trouve injuste par contre, c'est le fait que certaines personnes malades n'ont pas la chance d'avoir un environnement soutenant et le confort matériel nécessaire pour aborder et encaisser l'épreuve de la maladie.

C'est pour cette raison qu'est né le Défilé de la Vie. Pouvoir redonner à d'autres ce que j'ai reçu pendant mon traitement. Tous les soins sont gratuits, alors profitez-en et allez-y.

Pour moi, il est plus facile de pleurer devant une personne qui est là pour vous et dont c'est le métier d'apaiser vos maux que devant sa famille… Ce sont aussi des personnes qui sont là pour prendre le relais car le rôle d'aidant est très compliqué. Pour cela, référez-vous à la lettre Z comme Zorro.

V comme Vacances

Pouvoir m'accorder des moments de pause et partir en vacances est un luxe et je savoure complètement la chance que j'ai de pouvoir le faire chaque année.

Quelques jours après mon opération chirurgicale en juillet 2018, nous partons en famille pour la Suède rejoindre des amis. Nous sommes contents car malgré l'opération du 16 juillet le chirurgien me laisse partir. En même temps, on ne lui a pas trop laissé le choix ! On lui a simplement dit qu'on partait, qu'il y aurait plusieurs médecins sur place dont un médecin psychiatre et que je ne craignais rien.

Nous partons de Clermont le 21 juillet tôt dans la matinée pour prendre l'avion à Lyon. Nous sommes cinq dans la voiture : Russell, Lison, Clarence, mon hématome au sein et moi-même. C'est rigolo car ma fille en me lisant quand je suis en train d'écrire me dit :

- Pourquoi tu mets mon hématome, il n'était pas avec nous dans la voiture, c'est bizarre.

Il faut que je comprenne que mon humour peut ne pas être compris par tous…

Bilan des vacances en Suède : deux semaines assez sympathiques, si on met entre parenthèses le fait que mon sein a saigné pendant les deux semaines (merci à ma copine gynéco qui me rassurait en me disant que c'était bien que cela coule, plus rassurante que mon copain orthopédiste qui pensait qu'il faudrait me réopérer pour tout nettoyer…), que nous étions envahis par les fourmis dans notre maison, qu'il y avait des tics de partout donc que nous devions chaque soir après la douche nous inspecter de la tête aux pieds…

Depuis ces vacances de juillet 2018, nous sommes repartis en Andalousie au mois d'avril 2019 et également pour les vacances d'été 2019.

Ces deux coupures m'ont permis de me refaire une santé dans mon coin de paradis où je me repose et me ressource chaque année depuis que je suis enfant. Me lever le matin quand tout le monde dort et aller m'asseoir face à la mer et ne faire que regarder la mer, c'est un bonheur dont je ne me lasse pas. Mon deuxième bonheur est de me baigner le matin lorsque la plage est déserte et que la luminosité est merveilleuse. Je ressens le besoin de partir en Andalousie chaque année, cela fait partie de moi. J'éprouve un manque si je ne peux pas y aller.

Et puis le 6 juillet 2019, comme pour boucler la boucle après le 6 juillet 2018 et la biopsie, nous avons assisté au superbe mariage de notre copain Mathieu avec Faye en Écosse sur l'île D'Islay.

Nous sommes partis entre copains sans enfants pendant une petite semaine. Cette semaine a été géniale. D'ailleurs nous nous sommes dit que nous devrions prévoir quelques jours entre copains chaque année. Rodolphe on t'attend pour l'organisation du prochain voyage car tu as été au top. Merci à toi pour tout le temps que tu as consacré à préparer cette escapade. C'était vraiment une réussite et de très jolis moments de partage.

Where After Islay ??? (quelle destination pour nous après l'Écosse et l'île d'Islay ???)

W comme warrior

Personne dont c'est le métier de « faire la guerre ».

Une personne malade part en guerre contre la maladie. C'est aussi une guerre de chaque jour pour garder la tête haute. Une guerre que l'on ne peut gagner seule. Toutes les personnes que j'aime font partie de mon armée et c'est ensemble que l'on gagne le combat, pas seule.

PRÊTE POUR LE COMBAT !
J'ARRIVE !
LAU MOND

X comme « XS + 16X =XXL »

Ma formule mathématique personnelle. C'est une revanche sur les mathématiques qui m'ont toujours été complètement hermétiques.

Entre parenthèses, si j'avais eu des profs de mathématiques rigolos qui me donnent envie, je serais peut-être aujourd'hui chercheuse ou profs de maths. Je n'ai pas de regret, jamais. Les échecs et les épreuves font partie de la vie et c'est en expérimentant l'échec que l'on apprend à être humble. Pour pousser un peu plus cette notion et si vous souhaitez comprendre en quoi l'échec personnel peut être riche de sens, je vous conseille la lecture de *La vertu de l'échec* de Charles Pépin.

En plus ma fille est en classe de CM1, je vais donc pouvoir reprendre le programme de mathématiques avec elle…

XS + 16X = XXL

Comprenez XS (X = mon cœur avant le cancer, S = Soline) + 16 X (X = séances de chimiothérapie X 16) = un cœur XXL.

En fait, c'est juste pour dire que ce qui me rend heureuse aujourd'hui c'est de donner de l'amour et d'essayer d'apporter un peu de bonheur aux gens.

J'admire en cela des personnes comme mère Teresa ou comme cette dame en Inde prénommée Amma qui passe ses journées à embrasser les gens et à leur transmettre tout l'amour qui irradie de son être. Les belles personnes le sont en tout point. Respect pour Amma car je ne suis pas du tout tactile et j'aurais beaucoup de mal à prendre des inconnus dans mes bras. Par contre j'aimerais beaucoup qu'elle me fasse un hug (bonjour américain) car apparemment ça vaut le coup…

Je vous conseille pour découvrir Amma, si vous ne la connaissez pas, l'excellent film de Claude Lelouch *Un + une*.

Y
comme Yvan

C'est la lettre que j'ai écrite en dernier.

Tu serais fier de moi, tu serais content pour moi. Tu t'inquiétais tellement de mon bonheur.

Tu voulais que je sois heureuse dans ma vie professionnelle, c'est le cas aujourd'hui.

Tu voulais que je chante devant toi. Je n'ai pas pu le faire pour toi, mais aujourd'hui j'arrive à le faire pour mon plaisir. J'arrive aussi à chanter devant les autres, j'ai même participé à un concert il y a quelques temps de cela. Je t'assure que je ne mens pas...

Je m'épanouis dans ma vie et je m'accepte comme je suis.

J'exploite mon potentiel artistique ou plutôt je dirai que je fais les choses qui me procurent du plaisir et qui me rendent heureuse.

Je me suis produite à l'Opéra de Clermont-Ferrand le 15 octobre 2019 et j'ai aimé cela.

C'est comme si je naissais une deuxième fois et je me

rends compte chaque jour que la vie vaut vraiment d'être vécue, même si tu me manques beaucoup dans cette vie qui est la mienne aujourd'hui.

Pour finir, je te rends hommage dans ce livre dont tu aurais apprécié la lecture.

Tu m'as tellement apporté pendant ces huit années passées à tes côtés que ton départ le 20 septembre 2008 a provoqué un grand vide en moi. Tu aurais pu choisir un autre jour que celui de mon anniversaire. Peut-être aussi est-ce le signe que nous sommes liés à vie…

Ta voix me manque, tes rires aussi, tes regards attendris sur moi, ces cadeaux que tu choisissais pour moi. Je me sentais belle et grande dans tes yeux.

Ce livre est pour toi, et « the show must go on ».

Merci à toi mon beau-père.

Z comme Zorro alias Don Diego de la Vega

Mon fils est fan du vieux film *Zorro* en plus, cela tombe très bien. Son côté justicier me plaît bien.

Je voulais achever cet abécédaire en parlant de ces personnes que l'on appelle les aidants et qui accompagnent les personnes malades.

Tous ces Zorro sont les compagnons de femmes malades, ce sont les compagnes d'hommes malades, ces frères ou ces sœurs, ce sont aussi les parents d'enfants malades, ce sont aussi les enfants de parents malades. Tous ces gens qui souffrent à côté de la personne malade en se sentant impuissants. Les amis aussi sont des aidants pour moi au quotidien.

Mon expérience de vie a fait de moi un aidant, et je peux dire que voir quelqu'un qu'on aime malade est très impactant.

Il ne faut jamais oublier que dans la maladie, il n'y a pas que le malade qui souffre.

Je n'aime pas bien le terme aidant d'ailleurs car cela donne l'impression qu'il y a d'un côté le malade et de l'autre celui qui l'aide.

Mais qui aide les aidants ?????

Pense-t-on un seul instant à ce qu'un homme ressent quand il accompagne sa femme en chimiothérapie, quand il découvre sa femme les cheveux rasés ?

Je crois que je préfère quasiment être malade plutôt que d'avoir à endurer la souffrance de ceux que j'aime sans rien pouvoir faire.

Enfin c'est ainsi c'est moi qui suis malade ... et qui suis sur la voie de la guérison.

Je dois vous laisser. Nous sommes lundi 14 septembre, il est 10 h et j'ai rendez-vous avec Pascale dans trente minutes pour préparer le Défilé de la Vie 2020. Covid oblige, celui-ci s'est présenté cette année sous la forme d'une cagnotte ayant pour marraine Fanny Leeb. En effet, à cause du contexte sanitaire, le Défilé de la Vie n'a pas pu avoir lieu cette année à l'Opéra. J'espère de tout cœur qu'en octobre 2021 nous ne serons pas empêchés dans cette initiative. Je souhaite également que bientôt nous ne soyons plus entravés dans nos libertés individuelles et que nous puissions tous reprendre une vie normale faite d'échanges et de liens sociaux. Nous avons tous besoin les uns des autres pour vivre de manière sereine et heureuse.

En attendant, prenez bien soin de vous.
La vie est belle, profitez-en à chaque instant.

FIN

Remerciements

Nous tenons à remercier tout particulièrement :

Frédérique Penault-Llorca, Marie-Ange Mouret-Reynier, Jacques-Olivier Bay et Joël Fleury pour leur soutien exprimé au début et à la fin de notre livre.

Ludivine et Paul, nos éditeurs, qui nous ont fait confiance dans ce pari un peu fou ***4 seins, 2 destins : la victoire du duo infernal***.

Philippe Laumond et ses illustrations remplies de sensibilité et d'humour (vous nous reconnaîtrez dans ses dessins !!) :
https://www.laumond-peintre.fr

Vous lecteurs, qui nous faîtes l'honneur de nous lire.

Nous espérons que vous avez passé un bon moment et que notre témoignage vous a permis de comprendre que le cancer peut devenir une Force !

Pascale & Soline

https://www.facebook.com/pascaleetsoline/

CANCER : ON T'EMMERDE ! (*)

(*) FUCK THE CANCER !

Illustrations : Philippe Laumond

Crédits photos
p. 7,68 ,69 ©François Schmitt
p. 8 *Defilé de la Vie* ©Philippe Laumond
p. 70 *Défilé de la Vie* ©Arty photo

RevoiR Éditions Éditions Revoir - contact@editionsrevoir.fr
Dépôt légal : novembre 2020 - ISBN : 978-235-265-171-0 - ©Éditions Revoir, 2020.

Conception et réalisation : Sébastien Gauvin, sebastiengauvin@gmail.com.
Achevé d'imprimer par l'imprimerie La Source d'Or en décembre 2020.